JN055943

https://www.alphapolis.co.jp/

〈目次〉

プロローグ

三月十五日、丑三つ時。

場所は神奈川、工業地帯の片隅。俺――駒田成喜は古来より密かに継承された陰陽師の役目を果たすべく、果敢に怨霊と戦っていた。

「だからさ、俺はそう、本当は平和主義なんだよ。わかる？　和を尊ぶのだ」

激しい戦いが繰り広げられている。

低級の怨霊がどこからともなく現れては、次々と俺に襲いかかった。

「オリャー！」

しかしその怨霊たちは着物姿の少年に軒並み殴られて、びゅーんと海に落ちていった。

「君も、そういう気持ちを持っていたはずなんだよ。だって同じ日の本出身の人間だからな」

「てりゃー！」

ぴょーい。

「うんうん、そうか。君は、いわゆる室町時代の人なんだな。ほうほう……そうか、今でいう落ち武者（むしゃ）ってやつかあ」

「ほあちゃー！」

　ぴゅぴゅーん。

「氷鬼（ひょうき）うっせえ。向こうでやれ！」

「雑魚（ざこ）怨霊がオマエを狙うから、オレが倒してやってんだロ！」

　着物姿の少年――氷鬼が、猿のように顔を真っ赤にして怒り出す。

「この雑魚（ざこ）どもは、この人を支柱にして力を得てるんだ。つまりこの人が消滅すると、雑魚（ざこ）怨霊はただの浮遊霊に戻っちまう」

「なるほど。それが困るから、執拗（しつよう）にナルキを狙ってるわけだナ」

　と言いながら、氷鬼は俺に襲いかかってきた怨霊をベシッとチョップする。

「じゃあとっとと、どうにかしろヨー！」

「今どうにかしようとしてるだろ！　うるせーから音立てずに戦ってくれ！」

「無茶言うナ！　オマエがへっぽこだから代わりに守ってやってんだロ！」

　喧々囂々（けんけんごうごう）、氷鬼と言い争いをする。その時、今までの雑魚（ざこ）怨霊とは格が違うデカブツ怨霊が、どこからともなく現れて襲いかかってきた。

「たァッ！」

氷鬼が跳び蹴りを食らわせる。しかしデカブツ怨霊は少しのけぞるだけで、他のヤツみたいに飛んでいかない。

「こいつ武者だ。黒くて見えづらいけど、昔のヨロイをつけてるわけカ」

「この辺一帯のボスって感じだナ。ようやく重い腰を上げたってわけカ」

身軽な身体で宙返りした氷鬼は、地に足をつけるとバネのように跳ね飛ぶ。

「もしかして、こいつが落ち武者を利用して雑魚怨霊を呼び寄せたんじゃねえか？」

「その可能性はあるナ。アチョー！」

なんか妙な叫び声を上げて、氷鬼がグーでパンチする。あいつ、また変な動画見たな。

氷鬼の趣味は動画配信サイトを見ることなのだ。こんな子供のナリをしているが一応いにしえの時代から存在している鬼である。そのくせに、タブレット操作はお手の物。俺が汗水たらして働いている間も、配信アニメとか投稿動画とかを視聴してゲラゲラ笑ってるので、時折殺意が湧いてしまう。

「ナルキ、コイツはオレが張っ倒すから、そいつ、はやく『説得』しろヨ！」

そう言って、氷鬼は武者怨霊を軽々持ち上げると、工業地帯から走って離れていく。

他の雑魚怨霊はまるで金魚のフンのように、ぞろぞろと武者怨霊についていった。

「ふう」

　ようやく静かになった。この場にいるのは、俺と口数の少ない落ち武者怨霊のみ。

　俺はその場であぐらをかき、静かに佇む怨霊と向かい合わせになった。

「さあ、話し合おうぜ。この世に未練を持つ、かつて人であった者」

　怨霊は暴れこそしなかったが、怒りや憎しみ、悲しみといった負の感情が漂っていた。

　当然の話だ。怨霊は怨みの霊。非業の死を遂げた者が憎しみの果てにたどり着く、悲しい結末のひとつ。

　だけど、怨霊ははじめから怨霊だったわけじゃない。

　かつて人であった時代があった。その頃は、当たり前のように喜び、幸せを感じたこともあったはずなんだ。

「なんでも聞いてやる。好きに話せよ。……俺はさ、陰陽師だけど、あんた達の話を聞くことしか、できないんだ」

　自分で言ってて、なんて情けない陰陽師だと笑ってしまう。

　氷鬼が俺を『へっぽこ』と言っていたが、まったくもってその通り。無能で無力、役立たずの陰陽師なのだ。ただ、怨霊の『声』を聞くことだけはできる。まぁ、こんなことは他の陰陽師でもできるだろうし、なんの自慢にもならないだろうけど。

怨霊はしばらく戸惑ったような様子で黙っていたが、やがて、ぽつぽつと話し始めた。

公家（くげ）の流れを汲（く）む武士だったとか。妻と子供がいたとか。

そして戦で負けて落ち武者（むしゃ）となり、命からがら逃げたものの掠奪（りゃくだつ）に遭（あ）い、妻と子供を目の前で惨殺され、すべてを奪われた。

聞けば聞くほど、怨霊にもなっちまうよな、と納得してしまう壮絶な過去だった。

俺は目を瞑（つむ）り、黙って聞いた。

こうすればよかったという後悔を話された。そもそも戦で勝てさえすればよかったのだという恨み言も聞いた。

心の吐露をすべて聞き終えるころ、その工業地帯は朝焼けに照らされていた。

「辛かったんだな」

言うことがなくなったのか、黙ってしまった怨霊に、俺は話しかける。

「憎いやつ、いっぱいいたんだな。でもそいつらはもう、この世にはいない。やりきれない話だな」

怨霊になれたというのに、本当に憎いやつらはあの世にいるのだ。こいつは怒りを向ける相手も見つけられず、ずっとこんな場所でくすぶっていたのだろう。

「奥さんと子供が、あんたを待ってる。まだ、行ってやらないのか？」

その言葉に、怨霊がふるふると震えた。

「そろそろ行ってやれよ。何百年待たせてると思ってんだよ。間違いなく待ちくたびれてるぞ」

呆れたように、笑って言ってやった。

工場に張り巡らされた金属パイプに、朝の光が反射する。まぶしさに目が眩むと、怨霊の姿がふいに薄くなった。

――ア……アァ、オレ、ハ――

怨嗟にも聞こえる、低く唸るような声。でもそいつは、神に祈るように天を仰いでいた。

――オレ、ハ……タダ、キイテ、モライタカッタ……ノカモ、ナ――

そう言って、怨霊は朝日に溶けるように消滅した。自分で滅びを選んだ――いや、会いたい人に会いにいったのだろう。

ふう、と息をつくと、向こうのほうから「おーイッ」と氷鬼の声が聞こえた。

「あのヨロイ武者、いきなり消えたゾ。そっちは片付いたのカ？」

てくてくと歩いてくる。あんなデカブツと切った張ったしてたはずなのに、ピンピンしているところが、なんとも鬼だ。

「ああ、今、旅立ったよ」

俺は天を仰ぐと「あ〜」と叫んで、その場であおむけに倒れる。

「一晩中ずーっと陰気なオッサンの愚痴聞かされた！　どんだけ溜めてたんだよアイツ。すげえ疲れた！」

愚痴を聞くのって結構疲れるのだ。へたなこと言えないし、ひたすら相づちを打つことしかできない。世の中のカウンセラー、君たちはすごいぞ。俺は絶対なれねえ。

「ははっ、ナルキはソレしか取り柄がないからナー」

「ほっとけ」

九字を切ろうが符を投げようが、俺の陰陽師としての攻撃力は皆無に等しいのである。できるのは、怨霊の声を聞くことと……身を守る符や、治療符の作成くらい。そこが得意でも、怨霊を倒せなければ無意味なのだ。

俺は、こうやって辛抱強く怨霊を『説得』することでしか、彼らを祓うことができない。断言してもいい。俺以下の陰陽師はいない。ヘボ陰陽師選手権があったら一位を獲る自信がある！　はっはっは……悲しい。

「あのデカブツ武者は、元は雑魚怨霊だったんだろうな。落ち武者怨霊から、力を奪い取っていたんだろ」

「なるほどナ」

氷鬼が納得したように頷いて、俺と同じようにゴロンとその場で横になる。

「はあ、でもまあ、なんとか怨霊にはご退場頂いたし、とっとと帰って姉ちゃんに報告すっかー」

「ナルキの姉ちゃんって、オレよりも鬼みたいだよナ。こんなへっぽこを笑顔で怨霊スポットに送り込むんだからラ」

「愛の鞭(むち)！　とか言ってるけど、姉ちゃんは俺をいじめるのが趣味だからな」

なんとも嫌な姉である。でも、どうしてか姉ちゃんの命令には逆らえないのだ。行けと言われたらどんな怨霊渦巻く死地でも行くしかない。実はなんらかの強制符でも貼られているのではないかと思って身体中調べたこともあったが、特になかった。

多分、幼少のころから俺にとって姉は魔王だったので、なんというか、言うことを聞くしかないと魂に刷(す)り込まれてしまっているのだろう。

でもまあ、悪い人ではない。多分。アドバイスとかくれるし、時々いいこと言うし。

「よしっ、帰るかあ！」

俺は最後の力を振り絞って疲労した身体を起こし、工業地帯を後にした。

第一章　木屋町通りの神隠し

さて、陰陽師という単語を聞いた時、人はどんなイメージを思い浮かべるだろう？

古代のまじない師。式神を使って悪鬼を退治する退魔師。例えば、安倍晴明や蘆屋道満は陰陽師を代表する人物だ。

しかしどんなイメージにしても、陰陽師は物語の中の存在に過ぎないというのが、現代に生きる人の通説。

忍者や武士と同じように、過去にあった職業でしかないのだ。

いや、むしろ伝承のほとんどが眉唾ものだと思われているかもしれない。だって怪異を祓うのが仕事なんて言ってみろ。一気に危ない人に認定されてしまう。頭がおかしいとか、変な宗教に入ってるとか言われて、奇妙な目で見られてしまう。

だが、俺――駒田成喜の家系は、そういうおかしい部類の家だった。

正真正銘、陰陽師の家系なのである。

だから、幼少の頃から陰陽道を学んだ。霊符や形代の作り方、印の結び方、星の読み方、様々な教育を施された。

しかし、悲しいことに俺は陰陽師としての才能が皆無だった。

幾度か怪異を祓わなければならない場面に出くわしたのだが、俺は一度として悪鬼や怨霊を退治することはできなかったのだ。

結局、俺は陰陽師という特殊な家の末裔だっただけで、自分自身はなんの変哲もない、特別な力などまったくない、平凡な人間だった。

父はさじを投げたし、俺も現在、陰陽師とはまったく関係ない仕事に就いている。

知識があろうと、特別な勉学に励もうと、才能がなければ意味がないのだ。そして人は生きるために食い扶持を稼がねばならない。俺は身の丈に合った人生を選んだのだ。

そもそも、陰陽師を生業にして食っていける時代は遙か昔に終わったのである。

安倍晴明のような素晴らしい才能を持つ者など、この世にはもういない。

――そう、思っていた。


話はガラッと変わるけれど、売れないライターにとって大事なのは、持続性のあるメシの種だ。単独でスクープをピックアップできたら一気に波に乗れるだろうけど、現実にはそううまい話は転がっていない。

俺の仕事はライティングだ。スクープひとつ取れない雇われライターだけど。

昨今は、ネットで仕事を請け負うフリーライターや、本業の傍らでペンを取る副業ライターが主流みたいだけど、俺は運良く出版社に拾われた専属ライターである。

グルメや美容、観光スポットを取材して記事にしたり、うちの出版社が出している週刊誌のひと枠を賑やかしたりするのが主な仕事だ。

これらの仕事がつまらない……というわけではないけれど、グルメや美容の記事が書きたくてライティングの職業にかじりついてるわけじゃないんだよなと、漠然とした不満は抱いている。

運良く俺のところにスクープが転がり込んでこないかな、なんて夢を見ているけれど、現実は厳しいものだ。人生とは、宝くじでも当たらないかぎり、地道な積み重ねしかないのである。

「もしもし、あ、姉ちゃん?」

都内にある出版社に向かう途中、俺は駅のホームで姉に電話をした。

『連絡がおそーい！　生きてるか死んでるかくらい、昨日のうちに言いなさいよ』

のっけからこれである。人をあんなヒデーところに派遣しておいて、おつかれさまの一言もないのか、この鬼姉は。

「昨日は疲れたから、家帰ってすぐ寝たんだよ。てか、死んでたら連絡できねーし」

『陰陽師の端くれなら、黄泉の国から声を飛ばすくらいの離れ技しなさいよ』

「無茶いうな！　俺はあくまで一般市民なんです」

は～とため息をつく。

「あんなに怨霊が溜まってるなんて想像もしてなかった。姉ちゃん、実は俺を殺す気だろ」

『そんなわけないでしょ。氷鬼くんもいるんだし、大丈夫だと思ったから行かせたの。星の巡りを読んでも、ナルくんに凶の兆しは見えなかったからね』

「あっそう……」

急に脱力してしまい、カクッと肩を落とした。

俺が言いたいのはそういうことじゃないのだ。怨霊を攻撃する術を持たない陰陽師モドキの一般市民を危ない目に遭わせるなと言いたいのだ。でも姉の占いで俺の身が危うくないと示されたのなら、どう転んでも命の危機には陥らなかったんだろう。

姉の占いは百発百中。外れるということがない。

「でもそれが分かっていたなら、最初からそうだと言ってくれたらいいのにさ」

『わかってないわね。私が占いの結果を口にすることで、運命が悪い方向に変わる可能性だってあるのよ。危機が迫っているなら忠告するけど、安全だと出ている占いなら、わざわざ言う必要ないでしょ』

「俺の心が安息を得るためには、言ってほしい情報だったけどな！」

終わりよければ全てよしというけれど、実際に、怨霊渦巻く危険地域に赴く俺の身にもなって頂きたい。

『とにかくお疲れ様でした。報酬は、いつもの銀行に振り込んでおくからね～』

「まいどどーも。でもさあ、いつも思うけど、これ俺がやる必要ないよな。知り合いに腕利きの陰陽師とかいねーの？」

『いたら即行頼んでる～！　今や陰陽師なんて絶滅危惧種なのよ。天然記念物なんだからね～！』

「俺はトキかっ」

『うーん。トキほど孤高の存在感はないね。残念だけど……ナルくんはカワウソとかオオサンショウウオってあたりかな』

「それはけなしてるってことだな？」

『ラブリーということよ。カワウソ可愛いでしょ』

「まったく嬉しくない！」

俺が怒ると、姉はケラケラと笑った。

『氷鬼くんにもお礼を言わないとね。毎回うちの愛弟を守ってくれてるわけだし。今度おいしいごはんをごちそうしてあげなきゃ』

「お～。なんか最近、クレープを食べたがってたぞ」

『クレープ？　へ～、そういうところ、鬼のくせにラブリーね。飼い主に似るのかな？』

「はいもう切りますね～！」

半ギレで怒鳴る。ラブリーと言われて喜ぶ男がどこにいるのだ。いや、いるかもしれないが、俺は嫌なのである。

丁度いいタイミングで、電車が到着した。

『そういえば、今はお外にいるの？』

「うん。編集長に呼ばれたんだ。どうせ細かい雑用だろうけど」

『なるほど。しがない雇われライターは大変ね。頑張ってね～社会人くん』

「へいへい、クビにならない程度に頑張るわ」

そう言って、俺は電話を切った。

ふうと息をついて電車に乗る。ガタゴトと揺れる車内、窓の景色を眺めつつ――

俺は陰陽師の仕事をするより、ライターのほうがずっと楽なんだけどな、と思った。

俺が所属する出版社は、都内某所にあるビルの一室にある。入り口のドアを開けると、むわっと煙草のにおいが広がった。

「おう駒田、来たか。すまんな～。校正の原稿がたまってるんで、ちょっくら見てくれねえか。担当の戸田が入院したんだよ」

編集長の呉さんが、デスクで原稿にペンを走らせながら言う。

「いいっすよ。戸田さんって、今妊娠してるんですよね」

「そそ。切迫早産の危険があって、昨日の夜から入院したんだ。まあ、そこまで深刻じゃないみたいだけどな。電話の様子でも元気にしてたし」

「そっか。それならよかったです」

デスクにつくと、原稿に目を通し始めた。

ちなみに、うちの出版社はとても狭い。十畳あるかないかというスペースに、オフィス用デスクがすし詰めのように並んでいるわ、壁という壁は本棚やロッカーが置いてあるわで、人の行き来するスペースがほとんど無い。あとヤニとコーヒーのにおいがすごい。

しばらく作業に集中する。テレビでは、おなじみのワイドショー番組をやっていた。

『近頃世間を騒がせている京都連続行方不明事件は、いまだ解決の糸口が見つかっていません。警察は総力を挙げて捜査していますが、進展は一向になく……』

あれ、またこの事件だ。毎日毎日飽きもせず、ここ最近はどのワイドショーもこの難事件を話題にしている。

「今日、新たな行方不明者が出たらしいな」

呉さんがテレビをチラと見て呟いた。

「朝のニュースでやってましたね。これで十人目ですか」

――『京都神隠し事変』。

今、京都で起きている不思議な事件のことを、ＳＮＳなどではそう呼称している。

事件の内容は読んで字の如く、京都で行方不明者が続いているのだ。

二ヶ月前、高校二年の家出少女が行方不明になった。親が捜索願いを出して警察が動き始めた頃、次は大阪に住むカップルが京都に遊びに来た時、同時に行方知れずとなった。

そして、主婦、高齢者の男性、サラリーマン、Ｗｅｂデザイナー……、性別も年齢も職業も全てばらばらな人達が次々と姿を消していく一方、事件の捜査は難航している。

「こういう事件に関わってみたいなあ。運が良ければ大スクープを掴めるかもしれないし」

今、最も脂の乗っている事件だ。ライバルは多いだろうけど、ライターとして成功する秘訣は当たって砕けろだと思う。

「呉さん～。俺、京都に行ってこの事件を追ってみたいです～」

冗談半分で言ってみた。先ず間違いなく『何言ってんだバカ』と一蹴されるだろうけど、言うだけならタダだ。

「あ～？　そんなもん追えるわけないだろ。警察だって苦労してるくらいなんだぞ。しがないライターが運良く真相に迫れるのは、ドラマの世界だけなんだ」

ほらやっぱり。

呉さんが夢も希望もないことを言う。言葉のナイフがグサグサ刺さって痛いなあ。

「どうせ京都に行くなら、もっと読者が飛びつきそうなネタにしろよ」

「連続行方不明事件も十分飛びつくと思いますけど？」

「そういうシリアスなのじゃなくて、もっと軽く読めるネタってことだよ。ほら、ちょっと前に話題になっただろ。タコとイカのペテン師とか、そういう名前のやつ」

「……『蛸薬師の占い師』、ですね」

タコしか合ってねえ。

蛸薬師の占い師は、一時期話題になった人だ。なんでもその占い師に相談すると、自分の望む性格に生まれ変われるのだという。誰が聞いても胡散臭い話だ。

それに話題になったといっても、週刊誌でちょっとネタにされたくらいである。俺も、どうせ新興宗教かスピリチュアル商法に引っかかった『信者』が、大げさに吹聴しているだけだろうと思って、まったく真に受けていない。

「占い師で言うなら、俺の姉ちゃんのほうが話題にしやすいんじゃないですか」

「ああ、『星辰の卜者』か。そうかもしれんな。でも、連続行方不明事件なんて取材に行ったところで大手のマスコミが幅を利かせてるし、門前払いが関の山だぞ」

「うう～それを言われると諦めるしかないんですけど！」

俺は渋面を浮かべて唇を尖らせた。すると、呉さんがぷっと噴き出す。

「面白くないって顔に書いてあるなあ。ほんとわかりやすいヤツだ」

「ここ一年くらい、ずーっと同じようなグルメやダイエットの記事ばっかり書いてたら、そりゃこんな顔になりますよ」

刺激が足りない。仕事がつまらない。……まあ『飯の種』に面白いも面白くないもないんだろうけど。

俺がムスッとした顔をしていると、呉さんが「確かになあ」と頷いた。

「仕方ない。最近はヘルプの校正もよくやってくれてるし、たまには取材ルポもいいか。経費半分でいいなら行ってきていいぞ。ただしメインは、京都グルメとおすすめ穴場スポットを調べてくること。それからタコ焼きの占い師もよろしく」

「だから蛸薬師ですって」

呉さんにツッコミを入れつつも、取材の許可が下りたことはとても嬉しい。

彼にはこういう心意気があるから、俺は薄給ながらもこの会社を辞めずにいるのだ。

確かに、京都は鉄板の人気ネタである。それっぽいことを適当に紹介するだけでも読んでもらえる、安定の話題性がある。

うちで出してる週刊誌は最近マンネリ化しているし、呉さんとしては、ここらでいっちょ京都人気にあやかろうと考えたのだろう。

名目はグルメと面白ネタの取材だけど、それさえやれば、あとの時間は好きに使っていいのだ。よし、せっかく巡ってきたチャンス。うだつのあがらないライターからちょっと売れるライターにレベルアップするためにも、巷を騒がす行方不明事件になんとしても食らいついてやる!

俺は握りこぶしを作って気合いを入れるのだった。

数日かけて編集の雑務を片付けた俺は、さっそく京都に向かう。

移動は新幹線を使った。きっぷに表示されている指定席を探して、荷物を荷台に載せたあと、ゆったりとシートに座る。

「シンカンセンに乗るの、ひさびさだナ！」

横を見ると、隣の席には相変わらずの和服姿をした少年――氷鬼が座っていて、楽しそうに草履を履いた足をぶらぶらさせている。

氷を想像させるグレイアッシュの髪色。目じりの上がった三白眼は鮮血のような赤。そして額に生えた、二本のツノ。それは彼が人でないことを如実に表していた。

「あまり騒ぐなよ」

俺が注意すると、氷鬼はけらけらと笑う。

「オレが騒いでも、誰も見えねえし、聞こえねえからいいじゃャン」

「俺が煩いの嫌いだから言ってんだよ！」

思わず声を上げると、近くにいた乗客が訝しげにこちらを見た。慌てて窓に顔を向け、イヤホンマイクを耳にはめて電話をしているふりをする。

「けけけ。オレよりナルキのほうが騒がしいナ」

「ほんと煩いな。いいから景色でも見てろ。ほら、新幹線が走りだすぞ」

「わっ、見たイ！」

氷鬼はぴょんとジャンプして、俺の膝に乗る。そして窓に両手をついて景色を見始めた。

――こういうところは、本当の子供みたいなんだけどなあ。

氷鬼は長寿の鬼だ。気が遠くなるほど昔から存在していたという話だから、もしかしたら千年以上は生きているのかもしれない。

対して俺たち陰陽師――俺は端くれだが――の起源は奈良時代らしいが、その頃は自然哲学に基づいた占術や、暦を読む仕事などを生業にしていたらしい。今の人が持つ陰陽師のイメージ――怪奇を祓ったり、九字を切ったり――の、歴史が始まったのは平安時代と言われている。

俺もそういう荒唐無稽な技が実際にできるのだ。効果の程は別として。

ちなみに姉も、陰陽師としての退魔の力はからっきしである。ただ、占術の腕がずば抜けていて、今も占い師で生計を立てている。

『星辰の卜者』などと呼ばれていて、お忍びで政界のお偉いさんや、大御所の芸能人なんかも通っているのだとか。

どの時代も、権力者や大物は、占いが好きらしい。

俺は、残念なことに占術も得意ではない。ぽんこつ陰陽師に得意なものなど本当にないのだ。

氷鬼が俺についてきている以上、鬼を式神に下す力はあるのではと、もしも氷鬼が見える人がいればそう思われるかもしれないが、これがそうでもない。俺の膝で目をキラキラさせて景色を見ている氷鬼も、こいつが悪さしている頃に説得して拝み倒し、悪行を止めてもらったのだ。その後なぜか気に入られてしまい、式神契約をしたのだが……。こんな話、情けなくて誰にも言えない。

実家は東京郊外にある小さな神社で、神主であった父は陰陽師としての才能を持っていた。でも、子供である俺達は……姉はともかく俺に関しては役立たずもいいところ。幼少の頃にはすでに父に見限られており、陰陽道を教えてもらえることもなくなった。どうやら退魔術というのは、生まれ持った才が必要で、努力で補えるものではないらしい。

『怨霊を祓えない陰陽師など無能だ。お前には心底失望した』

幼少時、父に吐き捨てるように言われたのを、今でもよく覚えている。

父は蔵に保管してある陰陽道の書物を読むことを禁じた。

でも俺は、こっそり蔵に忍び込んで独学で陰陽道を学んだ。

それは悔しくて見返してやろうと思ったのか、それとも単に父に認めてもらいたかったのか、今でも動機はよくわからない。

だけど結局――努力して学んでも、治癒や防御のためにそこそこ便利な霊符を作れるようになったくらいで、それ以外の才能の芽が伸びることはなかった。情けないが、父の言葉が正しかったことを自分で証明してしまったのだ。怨霊と話せたところで、祓えなければ意味がない。

中学に入るころには、俺と父の関係は最悪レベルになっていた。彼が会話をするのは母と姉だけ。無能な子供はいらないと、目の端にも入れたくないと言わんばかりに徹底した無視をされた。

まあ、うちは陰陽師の家系といっても、有名な安倍晴明のような由緒正しい血筋ではない。いわゆる民間陰陽師ってやつだった。

遙か昔、洛外に追放されて地方に流れ着いた陰陽師が陰陽道を広めたのが民間陰陽師のはじまりという話だが、実際にはあまり明らかになっていない。

ただ民間陰陽師は、実力の乏しい下級陰陽師が多かったのだとか。

父は実力者だったようだが、たまにはそういう人も出てくるだけで、多くは俺みたいな一般人に毛の生えた人しかいないんだろう。

少なくとも俺は、陰陽道で飯を食うなんて夢のまた夢なのだった。

地道にコツコツ生き、堅実な仕事につくのが一番楽で確実な生き方なのである。ライターが堅実な職業かと問われるとちょっと悩むところだが、一応好きなことで飯が食えるのだから、俺の人生は中の上だろう。

人生で一度くらいは恰好よく怪異を祓ってみたいな～と思わなくもないが、俺が今まで出会ってきた悪鬼や怨霊は、話せば分かるヤツばっかりだった。先日の落ち武者怨霊だってそうだった。でも、話の通じない怨霊と出会ったとして、俺が恰好よく祓えるわけがないので、実際にそうなったら尻尾を巻いて逃げるしかないのだが。

実に情けない話である……

ところで、俺に陰陽師としての仕事を押しつけてくるのは、例の鬼姉である。

彼女はどこからともなく悪鬼や怨霊の情報を聞きつけては俺に投げてくるのだ。嫌がらせとしか思えないが、どうやら姉は、俺を立派な陰陽師にしたいらしい。

俺としては、どうせなら立派な報道記者になりたいのだが。今のライター職にしたって、その足がかりみたいなものだし。

〆切前でヒイヒイ言いながらパソコンのキーボード打ってる時に、メッセージアプリでポイッと陰陽師の仕事を押しつけてきた日には、頭の血管がプチッと切れそうになる。

「そういえば、ナルキ。ナツキには京都に行く話をしたのカ？」

新幹線の窓にへばりついていた氷鬼がふいにこちらを見た。

ナツキは姉の名前。『夏妃』と書く。ナルキにナツキと、名前が似すぎているので、小さいころは学校でよくからかわれた。

「一応な。取材に行くとだけ、メッセージアプリに書いておいた」

「ふむ。ナツキはなんと返事していタ？」

「『お土産は阿闍梨餅でよろしく。それから、今の京都は気をつけろ』、だってさ」

「なるほど。やはりそうカ。オレも、今の京都は面白いことになっていると思っていタ」

氷鬼がニカッと歯を光らせて笑い、再び車窓からの眺めに興じる。

本当は、俺がどこに行こうと姉に報告する義務はひとつもないのだが、彼女はご当地スイーツを食べるのが大好きなのである。だから、言わないで遠出すると後が怖いのだ。主に、拗ねる。ずっとヘソを曲げる。嫌がらせの呪詛玉を送ってくるなど本当に面倒くさい。だから仕方なく報告している。

姉のリクエストは阿闍梨餅。これだけは忘れないように買っておかないとな。

そして俺は、姉が返信してきたメッセージアプリの内容を思い出す。

『今の京都って、平安の暗黒時代の到来かっていう程、魑魅魍魎が跋扈してるから気をつけてね☆へっぽこナルくんだとパクッと食べられちゃうかも！　お土産忘れないでね☆』

……今年で二十八になる女が、語尾に星をつけるのは、どうかと思う。

そしてお土産を買い忘れたら恐ろしい八つ当たりが待っていると思うと、ぜんぜん可愛くない。

それにしても、魑魅魍魎(ちみもうりょう)かあ。姉ちゃんの占いだから当たってるんだろうけど。

京都といえば陰陽道の聖地みたいな場所である。力の強い場には怪異が集まりやすいから、昔から京都には地縛霊や怨霊がうじゃうじゃしている。中学・高校と、修学旅行は京都だったけど、ほんと……嫌になるくらいあちこちにいたのを覚えている。

だから、相次ぐ行方不明事件にしても、蛸薬師(たこやくし)の占い師にしても、相変わらず胡散臭(うさんくさ)い話題に事欠かない街だなあというのが俺の率直な感想だ。

「ま、とりあえず、到着したらいろいろ見て回りたいな。確認したいところもいっぱいあるし」

この旅行の最大の目的は、世間を賑わす行方不明事件を追って、スクープを手にすること。これを主軸にしつつ、呉さんに頼まれた取材を進めていこう。

姉が言う魑魅魍魎(ちみもうりょう)は今のところ考えない。考えても仕方ない！

怪異は、見ない振りをすれば、案外寄ってこないものだ。

俺はどうせお祓(はら)いできないし、京都の鬼や怨霊ってやたら強そうだし。

それになにより、俺は怪物退治に行くわけではない。欲しいのはスクープなのだ。触らぬ神に祟(たた)りなし。できるだけ関わらないようにしよう。

春の京都といえば、秋と同じくらい人気の高いシーズンである。

だが、三月初旬はちょっと時期尚早だったのだろうか。

「さ……さむっ⁉」

京都駅に到着してホームに立った途端、底冷えするような寒さにブルッと身が震えた。

「え、京都の三月、寒すぎじゃないか？　これ真冬並みじゃないか？」

やばい。薄手のスプリングコートでは防寒が足りない。できればマフラーも欲しいところだ。

「晴れていれば温もりがあったかもしれないが、残念なことに曇りだナ」

氷鬼がひょっと宙に浮き上がって空を見る。

俺は「本当だ」と空を仰(あお)いだ。

今にも泣き出しそうな真っ黒い雲に覆われた京都は、鬱屈(うっくつ)とした雰囲気を孕(はら)んでいた。

晴れた日の春や秋の季節は、それこそ心が浮き立つほどに華やかなのに。

その時、ふわんと嫌なにおいがした。肉の生臭いにおい。俺は鼻を摘(つ)まんであたりを見回す。

「くっせえ。これ、姉ちゃんが言ったとおりかも」

この独特の悪臭は、怪異が近いというしるしだ。姉ちゃんが平安の暗黒時代の再来と言っていたけれど、本当かもしれない。

「タイミング悪かったかなあ。でも、せっかく取材費をもぎ取ったんだし、期待されてるぶんは働かないと」

俺は鼻を擦(こす)ってから、スマートフォンを取り出す。

まずは連続行方不明事件について、一通りの場所を訪れておきたい。

この事件の概要については頭にたたき込んである。俺はさっそく地下鉄の京都駅に向かい、烏丸線(からすません)に乗ると、事件のあらましを思い出した。

――京都連続行方不明事件。

この二ヶ月の間に、十名もの人が行方不明になっている。年齢、職業、性別、すべてがバラバラで、統一性がないのが特徴だ。

警察の捜査は難航しているものの、ひとつだけ、不可解な共通点がある。

それは、行方不明になった人達は必ずとある場所での目撃情報があるということだ。

地下鉄を走る電車はごうごうと音を立て、やがて目的の駅に到着する。

烏丸御池(からすまおいけ)。言わずと知れた、京都市の中心地だ。

京都は碁盤の目に沿った街づくりであるのが有名で、割と道路が狭いイメージがあるのだが、御池通りは車道も歩道も広々していた。

平日だからか、あまり通行人はいない。もう少し南に下がった四条なら、もっと賑わっているのかもしれないが。

寒いなあと思いつつ、スマートフォンの地図を頼りに歩く。

御池通りを東に向かっていくと、やがて高瀬川(たかせがわ)が見えてきた。このあたりの川沿いを、木屋町通り(きやまちどおり)という。

行方不明者は皆、この木屋町通りにある、古い廃ビルに入るところを目撃されているらしい。

その目的の廃ビルはほどなく見つかった。

一階は普通の居酒屋。手前にある外階段を上がったところに廃ビルへ入る扉がある。高さは三階建てだろうか。京都は景観維持のために建物の高さ制限があるから、ビルといっても低めだ。

築年数は……五十か六十くらいあってもおかしくない。うちの出版社があるオフィスビルといい勝負だ。老朽化で取り壊し寸前という感じである。

「ふうむ、におうナ」

俺の頭にぴょいっと座った氷鬼が興味深そうに言う。

「氷鬼も気づいたか。俺もさっきから、鼻がもげそう」

たまらず鼻を摘まんでしまう。京都駅でもにおいはしたが、ここは強烈だ。

まさか……いや、心のどこかで可能性には気づいていた。でも、決めつけるのはよくないと思って考えないようにしていた。でも、これは……

「連続行方不明事件には、怪異が関係しているのか？」

警察が必死に捜査しても手がかりひとつ見つからないのは、怪異が原因だったからだろうか。

いや、早とちりかもしれない。何しろ京都は怪異のデパートなのだ。大昔より、有名な鬼が暴れ放題、魑魅魍魎も目白押し、陰陽師は引く手あまたで大繁盛していた。この場所に限らず、京都は多かれ少なかれあちこちで怪異のにおいがしている。

それゆえだろうか。昔からこの街では気の流れを少しでもよくしようと鬼門を祀ったり、場を祓い清めたりと、災いを遠ざける努力を欠かさなかった。しかし時代が変わった今は、鬼門も裏鬼門も半ば放置状態だ。更に京都は盆地ということもあって、どうしても気が澱みやすい傾向にある。

というわけで、京都……とりわけ市内は、こういう怪異の吹きだまりのような『場』があちこちにある。

でも、行方不明者がここに入っているのは事実みたいだし……

「うーん。中に入ってみないことには何もわからないな～」

「なら、入ればいいじゃないカ。なにをためらっていル？」

俺の頭から飛び降りた氷鬼が不思議そうに首を傾げる。

「そう簡単に入れるわけないだろ。ここが行方不明の現場になっているなら、間違いなく出入り口は施錠されているだろうし」

試しに、階段を上って鉄製の扉の取っ手を引っ張ってみた。しかしガチャガチャと音が鳴るのみだ。やっぱり鍵がかけられている。あと、取っ手には『立ち入り禁止』と書かれたプラ板がぶら下がっているし、京都府警のラベルがついた黄色いテープが吊り下がっていた。

すると氷鬼がにんまりと笑う。

「霊符で封印されているわけでもなし。こんなもの、オレにとったらお茶の子さいさいダ」

そう言うなり、氷鬼の姿が消える。程なく――扉の鍵がカチャンと鳴った。内側から扉が開いて、出てきた氷鬼がニカッと歯を光らせる。

「ほら。扉をすり抜けて中の鍵を開けてやったゾ」

「お前なあ……」

俺は呆れてしまって頭を掻く。氷鬼は関係ないだろうが、俺が中に入れば間違いなく住居侵入罪だ。警察にしょっぴかれてしまう。式神が鍵を開けてくれたんですと言い訳しても、誰ひとり信じてくれないだろう。最悪、事件の参考人として捕まってしまうかもしれない。

だが、中が気にならないかと言われたら、そりゃ気になった。

一応、端くれとはいえ陰陽師だし、怪異と行方不明事件が関係しているかどうか確かめる必要はある。あと、やっぱり大スクープをすっぱ抜くチャンスかもしれないし、逃(のが)したくない。

「よし！　警察に見つかったら素直に謝ろう」

この扉の鍵は最初から開いていた。そして俺は好奇心から入ってしまったしがないルポライターってことにしよう。これなら叱られるくらいで済むだろう。多分。

ギィ、ギギギ。

錆(さ)び付いた扉を閉めると、建物の中は真っ暗だった。

「うーん。亡霊でも出てきそうな雰囲気だな」

「単なる亡霊なら可愛いものじゃないカ」

氷鬼が呑気(のんき)に言う。確かにその通りだ。幽霊は基本的に何もしない。悪さをするのは怨霊と呼ばれる『悪しき霊』だけだ。

「怨霊に出会ったら嫌だなあ。話を聞いてくれるヤツならいいけど、京都の怨霊って根暗そうだしなあ」

なんとなくイメージで言ってるだけなので、別に京都に他意があるわけではない。

「ま、その時はオレにまかせておケ」

ずんずんと前を歩く氷鬼が頼もしいことを言ってくれる。

ビルの中はガランとしていた。フロアの中には何もなくて、ただ埃の積もった床が広がっている。

その奥には上にあがる階段があった。俺と氷鬼が階段の奥を見ると、その先は扉になっていた。

「行ってみるカ？」

「そうだな。この部屋には手がかりらしいものも見当たらないし」

足音を立てないようにして階段を上る。

そして鉄製の扉の前に立って、ドアノブを握った。

鍵はかかっていない。扉をギイッと開ける。

「……うわ」

扉の向こうは、屋上だった。

頬に触れる空気は生ぬるく、そしてえもいわれぬ臓物のにおいがする。手で口を覆った。これは怪異のしるしだ。それも強烈に濃い。

屋上は多くの亡霊でひしめきあっていた。まるですし詰め状態だ。

「おお、壮観だナ～」

氷鬼が面白そうに目をきらきらさせて、亡霊の中にダイブしていく。

「俺には不気味にしか見えない」

楽しそうな氷鬼に呆れながら、俺も歩いて行く。

屋上の広さは、十畳程度といったところ。ビル自体が小さいので、屋上もなかなか狭い。そんな中で、隙間がない程亡霊が詰まっている。こんな光景は生まれて初めて見る。

「亡霊は高いところに集まりやすいと聞いたことがあるけど、これは異様だろ」

タワーのてっぺんやら、ビルの屋上やら。なぜか亡霊は高いところが好きなのだ。もしかすると、天国に行きたい願望があるのかもしれない。実際、亡霊が行くべき場所は地の底にあると言われる黄泉(よみ)の国なのだが。

亡霊たちは静かにふよふよと漂(ただよ)っている。白いモヤのようになっていて、その亡霊が生前どのような形をしていたのかは知るよしもない。

意志の強い亡霊は生前の姿にもなれるらしいけれど、そんなのはごく一部だ。少なくともここにいるものは皆、力の弱い亡霊のように見える。

ただ、こんなに狭い場所に大量にいるのは異様以外の何物でもない。

「それにしてもくっせえな。嗅覚が麻痺してきたよ」

こんなににおうということは、それだけ怪異の異常性が強いということ。

だが、亡霊はふつうにおわないものだ。

つまり、この場自体が怪異になっているということ？　怪異と亡霊の関連性はわからないけれど。

「やっぱり、京都の連続行方不明事件って……」

俺がそう呟いた時、屋上の扉がギギィと開いた。慌てて振り返り、構えを取る。

現れたのは——黒のビジネススーツに、クリーム色のフードつきコートを着た男。

年齢は、俺より年上だろうか。やたら背が高くて、体格が良く、二十代後半から三十代前半という感じがした。少しボサついた黒髪に、堅物そうな顔立ちをしている。

……誰だ？

その疑問は男も感じたようで、彼は俺を見るなり訝（いぶか）しげな顔をした。

「お前、部外者か。施錠してあったのに、どうやって中に入ったんや」

男はそう言いつつ、ポケットから手帳を取り出して開いて見せてくる。

それはまごうことなく警察手帳だった。

やばっ、ケーサツだ。念のため用意していた言い訳を口にしよう。

「あーえっと、いや～その、鍵がなぜか開いてたんですよね。それで、しがないルポライターの俺は好奇心からつい中に入ってしまいまして、アハハ」

「そんな言い訳が通じると思うてんのか。ここの管理任されてんのは俺やぞ」

男は剣呑な目をして俺を睨み付ける。

なるほど。そういえばビルの入り口に警察の黄色いテープがついていたな。そりゃ事件に関わっている場所なんだし、当たり前か。

よし、言い訳が通じないなら開き直ってみよう。

「まあまあ、俺がどうやって入ったかなんて些細なことじゃないですか」

「些細なわけあるかい。今すぐ出ていけ」

「いや～せっかくですから色々話を聞かせてくださいよ。警察の方なら、世間を賑わせている連続行方不明事件について捜査しているんでしょう？　なかなか解決の兆しが見えませんが、府警はどういう方針で動いているんですか？　何か新しい手がかりでも見つかりましたか？」

「あんなあ、そんなん教えられるわけないやろが。それにこの事件は単なる行方不明事件やない。せやから……」

そう言ったところで、男はふいに俺の後ろに目を向ける。

そして、まるで敵でも見るかのようにギロリと眦を吊り上げた。

「お前、それ」

男が呟く。しかしその時、あたりに漂っていた亡霊のひとりが突如うなり声を上げた。

『オォオオォォ！　ヨキ魂……ヨキ魂ダ！』

ただそこにいただけの無害な亡霊が、周りの亡霊を押しのけながらぐんぐん巨大化していく。

「ちっ、亡霊が怨霊化したか！」

亡霊は悪さをしない。でも、時々『怨霊』になってしまうことがある。

その大半が、この世に未練があったり、生前に悪行を行ってしまった者たちだ。

徳を積んだ『よき魂』を食らい、自分の魂を浄化しようとする亡霊のなれの果て。本当は、魂を食ったところで自分の魂が浄化されることはないが、ひとたび怨霊と化してしまうと、まともな思考は期待できない。

怨霊にとって陰陽師は、己を滅ぼす天敵であると同時に涎が出るほど美味な『よき魂』だ。

白いモヤだった亡霊は黒く禍々しい霞となり、こちらへ襲いかかってきた。

「ナルキ！　オレの後ろにいロ！」

氷鬼がサッと俺の前に立った。そして怨霊にツメを立てようとする。

だが、その瞬間――怨霊はその場で金縛りになったように固まった。

「臨、兵、闘、者……」

それは密教の九字。陰陽師ならば誰でも知っているであろう言葉に、俺は目を丸くする。

慌てて振り返ると、刑事の男が黒い手袋を脱いだ右手を振りかぶり、人差し指で大きく五芒星を描いていた。

「……皆、陣、列、前」

低く、透き通るような声色の九字の文句は、思わず聞き入ってしまうほど綺麗で。

俺だけではなく、氷鬼までポカンと口を開けていた。

「――行」

男が最後の言葉を口にした瞬間、宙に描いただけの五芒星が光り輝く。それは大きく広がったあと、檻のように怨霊を囲み、小さく萎んでいった。

最後には手の平ほどのサイズになって、音もなく消え失せる。

すげえ。霊符も式神も使わず、九字を引くだけで怨霊を祓ってしまった。相当の実力があるってことだ。もちろん俺にはできない。

刑事の男は手袋を嵌めてから、コートのポケットに手を突っ込む。

そして胡乱な目つきをして、俺に問いかけてきた。

「お前、もしかして陰陽師か？」

男の言葉に目を丸くする。やっぱりこいつは——

「そういうお前こそ陰陽師なのか」

まさか同業者に出会う日が来るとは。こんな埃を被った古くさい稼業につく者はそういないだろうと思っていただけに、驚きである。

いやあ、さすが京都。陰陽師の本場なだけあって、やっぱりいるんだなあ。

しかも警察官が陰陽師もやってるとは。世間は広いなあ。

男は不機嫌そうに俺を見たあと、氷鬼に向かって顎をしゃくった。

「どうでもいいが、ソレはなんや？　式神のつもりなんか？」

「オレを前にして『ソレ』扱いとはいい度胸だナ！　天下の氷鬼様だゾ！」

氷鬼がムッとして男を睨み、一歩前に出て腕をまくる。

「こらこら、喧嘩はダメだぞ」

俺がたしなめると、男が訝しげな顔をした。

「ソレ、どう見ても悪鬼やろ。鬼を制して式神に下したのならたいした腕やと思うけど、お前は見たところ陰陽師として半人前や。そんなんが鬼を隷属化させたとは思えへん」

そう言って、男はまるで敵を見るかのように俺を睨む。

「つまり——お前は、鬼に操られてしもうた……傀儡に成り下がった陰陽師ということか？」

ザワッと空気が変わる。

敵意を露わにした男の睨みは威圧的で、畏怖すら感じる。

冷たい氷のように凍てついた空気に、周りにいた亡霊が怯えたように震えだした。

「ま、待て！　警察で陰陽師のオッサン。違う。俺は氷鬼に操られてるわけじゃない」

「誰がオッサンやねん！」

「確かに俺は、半人前の陰陽師だ。でも、氷鬼は悪いヤツじゃないし、俺は傀儡になっていない！」

俺は氷鬼の前に立ち、かばうように両手を広げる。

「こいつはっ、……その、友達みたいなものなんだ」

「はあ？」

「氷鬼は、俺の地元で悪さしてた鬼だ。でも、説得して、わかってもらったんだよ。それ以降は一度も悪さしてない。弱い俺を見かねて、自ら式神になってくれた鬼なんだ」

　真摯に言うと、男の顔は段々と呆れたものに変わった。

　そして、まるで新種の生き物を見るかのような目で俺を見て「……説得？」と首を傾げる。

「お前、悪鬼を説得したんか。ほんで、そいつは人間の味方やって話を信じろと？」

「完全な味方とは言えないかもしれないけど、氷鬼はもう絶対に悪さはしないって約束してくれたんだ。……鬼は、人を惑わすけれど、嘘はつかない」

　きっぱりと断言する。

　男はしばらく黙った後、俺と氷鬼を見比べて冷たく返した。

「その与太話は信じられへんけど、敵意がないのはホンマみたいやな。そっちが仕掛けて来うへんなら、とりあえずは見逃したる」

　そして小さくため息をつくと、俺に背を向ける。

「どうせその鬼が牙を剥いた時、最初に犠牲になるのはお前やろし。俺は、お前が食われてる間に準備して、後で鬼を滅せばええことやしな」

「うわ～、ナルキの信用が悲しいくらいにゼロだナ～」

「うう、初対面でそこまで言われる筋合いはないと思うんだが！」

圧倒的な実力差をひしひしと感じているので、俺は彼の背中に非難の言葉を浴びせるくらいしかできない。

「アホか。信用なんかゼロどころかマイナスや。どうせ地方の民間陰陽師から派生したエセ陰陽師なんやろうけど。いい加減な修行で陰陽師気取って、挙げ句の果てに鬼に取り憑かれたら世話ないわ。怒りを通り越して、いっそ呆れるで」

「ひ、ひでえな！」

確かにウチは代々民間陰陽師だ。陰陽術総本山である土御門家に認められた陰陽師との差は、認可されたか、されていないかだけなので、どっちが正しいかという話は別なのだが、まあ、狭い陰陽師の界隈では、どうしても認可されたほうが正統派っぽい感じにはなるし、民間陰陽師はうさんくさい目で見られがちだ。

実力さえあればその価値観を覆すことも可能だが、少なくとも俺の腕では、彼を納得させることは無理である。

なので、俺にできることといえば、ヤツの背中を睨むことだけだった。悲しい。

「中途半端に陰陽術をかじると破滅の未来しかない。己の驕りで鬼に食われるのなら、それは自業自得や。そこまで面倒見る義理はない。まあ、後始末はしたるから安心し。それが俺の仕事やからな」

吐き捨てるように言う男に、俺はムッと唇をへの字に曲げる。

なんだこいつ。

京都の陰陽師ってこんないじわるなヤツばっかりだとか言わないよな？　言いそうだな。

「あっそう。プライドのお高いインテリ陰陽師様は、やっぱり言うことが違うね～。血も涙もなくて、笑えるよ」

思わず減らず口を叩いてしまった。だってこいつムカつく。人の話を信じないし、鬼は裏切ると決めてかかるし、俺と会話する気ゼロだし。

コイツがどんなにお偉い人だったとしても、俺はこいつを尊敬することはない！

男は俺に何か言い返すこともせず、そのまま屋上の出口に歩いて行く。

「とにかく、さっさとここから出て行けよ。ここがヤバイってことくらいは半人前以下でもわかるやろ。ほんで、今更やけど不法侵入やで。次はないからな」

吐き捨てるような言葉を残して、屋上を出て行った。

ぽつんと残された俺。後ろには氷鬼。周りには亡霊たち。

「なっ……」

ぐぐ、と拳を握りしめる。

「なんだあいつー！」

　空に向かって怒鳴った。ずっと溜め込んでいた怒り爆発である。

「ハハハ。いやあ久しぶりに見る正しい陰陽師だったナ。ナルキ、アレが普通の陰陽師なんだゾ？」

　俺の周りをぴょこぴょこ飛び跳ねて、氷鬼が楽しそうに言う。

「正しいか正しくないかはどうでもいい！　態度が失礼すぎるだろっ！」

「いや～、鬼を前にしているにしては、だいぶ理性的な態度だったと思うけどナ。短気な陰陽師なら会話する間もなくオレと戦ってただろうヨ」

「そ、そんなに陰陽師って、問答無用なのか？」

　俺が知ってる他の陰陽師なんて、父親くらいだ。その父親にしても、実際に鬼や怨霊を前にして戦っている姿は見たことがなかった。

　氷鬼はニヤリと笑って、俺の頭に飛び乗る。

「当然だロ？　一秒の油断が死に繋がル。鬼との戦いとはそういうものダ」

「そこまで殺伐としてるのかあ……？」

「ナルキがいかに変わりダネか、よく理解できたカ？　フフフ」

　上から俺の顔を覗き込む氷鬼の顔を、俺はぐいと手で押し上げた。

「うるさいなー」

別に鬼が相手でも、会話ができるなら、まず会話を試(こころ)みるのが人情ではないか。

他の陰陽師は、ちょっと人の話を聞かなすぎである。

あとあの偉そうな陰陽刑事は、カルシウムを摂ったほうがいい。イライラしてる雰囲気がひしひし届いてきて、こっちまでムカムカしてしまった。どこの一族か知らないが、陰陽師として以前に人としてどうなんだ。

「あ、そういえばあいつ……なんて名前だったんだろ」

はじめから喧嘩腰だったので、聞きそびれてしまった。

しかしまあ、別に知らなくてもいいだろう。もう二度と会うことはないだろうし。というかもう会いたくない。

「さて、俺も行くか……」

ぐるりと周りを見回して、出口に向かう。どうやらこの場所で得られるものはなさそうだ。

それに、陰陽刑事も言っていたが、ここは良くない場所である。あまり長居したくない。

さっきみたいな怨霊が現れたのも、この『場』が異常だったからだろう。それにこのすし詰めになった亡霊たちも、何らかの理由があって集まっているのかもしれない。

悔しいけど、俺の腕でどうにかなる怪異じゃないのはわかる。

俺は重々しい鉄の扉を開けて、早足でビルの階段を降りていった。


古い建物から出た途端、肌寒い春の風が頬を撫でる。


「ふぅ」

ほっと一安心して、俺は息をついた。

やっぱりこのビルは怪異そのものと化しているんだな。

そんなビルに入っていった人達が軒並み行方不明になっている。

「連続行方不明事件は、やっぱり怪異が関わっているのかなあ」

木屋町通りの歩道を歩きながら、ブツブツと呟いた。まあどう考えても無関係ってことはないよな、あからさまに怪しいし。ただ、ふたつの要素がどう繋がってるのかはまったくわからん。

思い出すのは、あの場に現れたコートの男。

彼は警察官でありながら陰陽術を使っていた。しかも、かなり高い腕を持っている。

どうして陰陽師が警察官の仕事をしているんだろう？

確かにこの業界は一部の実力者以外は、とてもそれで食べていける世界ではないが、あれだけの実力があれば、うちの親父みたいに陰陽師だけで食っていけそうなのに。

いや、問題は、それよりも。

「怪異が関係してるなら、スクープにならないじゃないかーっ！」

はぁぁとため息をつき、がっくりと肩を落とす。

京都連続行方不明事件の真相は、摩訶不思議な怪異であった！　……なんて、今どきどの週刊誌でも書かないぞ。いや、宇宙人の仕業にしてみたら、ひょっとしたらネタとして笑ってもらえるかもしれないな。しかし、どちらにしても三流ネタ決定である。

たとえ真実が怪異によるものだったとしても、今の世の中、誰もそんな話は信じないのだ。

「無駄足だったなあ」

とぼとぼと高瀬川のほとりを歩く。現状では間違いなく記事は書けない。スクープを手にしてみせると呉さんに息巻いておいて結果がコレとは、なんとも情けない。

もうひとつ、情けないついでに言ってしまうと、俺は陰陽師としてあの怪異をどうにかすることはできないのだ。

いっそ笑ってしまう。姉が聞いたら呆れた顔をして『恰好わるっ』とか言いそうだ。

「まあでも、あいつがなんとかしそうだし、いっか」

あのビルで出会った陰陽刑事は、もしかすると、怪異を祓うために来たのかもしれない。それなら、半人前の俺が心配するだけ無駄ってものだ。

「それなら、気を取り直して仕事しよっ！」

物思いにふけって高瀬川を眺めていた俺は、パンと頬を叩く。

俺が京都に来た目的のうち、目標としていたのは大スクープのゲットだったわけだが、他にも仕事がある。それは、呉さんに依頼された京都の穴場スポットとグルメ探索だ。

一応、それなりに計画はまとめてある。

記事のコンセプトは『大人の京都旅』。すでに何度も使い倒されたネタではあるが、今回は『一人旅』にズームしている。

昨今は、誰もが仲良く土日祝が休み……というわけにはいかず、友達や家族と旅行に出かけたくても休みが合わない、なんて話をよく聞く。

それならいっそ一人で旅をしてみては？　という方面でアプローチするわけだ。

俺は仕事柄あちこち出かけて取材しているけれど、一人旅というのは悪いものじゃない。たまには気ままに、ノープランで、ふらっと街を歩くのもいいものだ。

そして京都は見応えのあるスポットの宝庫である。

一人旅というからには落ち着いた雰囲気で、静かに心を休められるような、癒やしのある場所を紹介したい。

「まずは、手近なところで腹ごしらえといきますか」

ポケットからメモ帳を取り出し、あらかじめピックアップしていた店リストから良さそうな食事処を探す。

「どこにするんダ？」

氷鬼が俺の肩に乗って、メモ帳を覗き込む。

「ちょうど木屋町だし、先斗町(ぽんとちょう)の料理屋にしようかなあ」

先斗町といえば、由緒ある古き街だ。鴨川(かもがわ)沿いにあって、祇園(ぎおん)と肩を並べるほどの花街として有名だった。現代でも舞妓さんが雅やかな踊りを見せてくれる劇場がある。

そんな街だからだろうか。先斗町や木屋町は居酒屋やバーといった、お酒を出すお店が多い。個人的なイメージで言えば、高級志向なら先斗町、庶民感覚なら木屋町って感じだ。俺の給料レベルで飲み歩くなら間違いなく木屋町が向いている。

いわゆる『一見(いちげん)さんお断り』っぽい店が多いのも先斗町の特徴かな。だから、普通の旅行客は尻込みしがちなのだが、昨今はわりと入りやすい店も増えた。もちろん、事前予約が必要な店も多いんだけど、当日予約でもなんとかなるところもあるのだ。

「記事のコンセプトはノープランのぷらっと一人旅。でも、ちょっと高級志向で、非日常を味わえるお店。ここなんてどうかな？」

　メモを見ながらたどり着いたのは、威厳のある古きよき京都らしさがある店構え。

「ここは、どんな料理の店なんダ？」

「豪華絢爛、すき焼きの店だっ！」

　俺は氷鬼に向かって、ばーんと両手を広げた。しかし他人に氷鬼は見えないので、俺が一人で盛り上がって独り言を口にしているように見える。

　先斗町の路地は狭い。

　俺の後ろを、観光客のカップルが怪訝そうに早足で通り過ぎていった。

　ちょっと恥ずかしくなってしまい、コホンと咳払いをする。

「ま、まあ『大人の旅』なんだし、たまにはこれくらい贅沢に行ってもバチは当たらないだろう。普段はコスパ重視のグルメばっかり紹介してるしさ」

「うむ。オレも、こういう店は良いと思ウ。というわけで、今回はオレもつきあってやろウ」

「えっ？」

　俺が目を丸くした途端、氷鬼はちゃきーんと両手を伸ばして何やら戦隊モノヒーローみたいなポーズを取った。

「ヘンシン！　トウッ！」

「とう？」

氷鬼がその場でくるんと宙返りをする。——と、次の瞬間、氷鬼の姿はいつもの少年のものではなく、雅な着物姿の青年に変わっていた。

「すき焼きとやらを食すのは初めてだな。どのような味がするのか、実に愉しみだ」

悠々と微笑む男は、俺と同い年か、ちょっと年上に見える。

ちなみに、少年姿の氷鬼とまったく見た目が違う。髪の長さこそ同じくらいだが、髪と目の色は黒いし、ツノもない。そして背は俺より高くて、腹が立つほど顔が整っている。

これは氷鬼が持つ力のひとつで、簡単に言えば、こいつは人間に変化することができるのだ。年齢、性別、見た目、すべて思いのまま。でも、人間の姿を取る時は青年姿になることが圧倒的に多い。そして、今の氷鬼は他の人間にも見えるのだ。

俺はがっくりと肩を落とした。

「待てコラ。つまり食事代が二倍になるってことじゃないかっ」

一人旅だから贅沢しようってことですき焼きにしたのに、予想外の出費ではないか！

「いつもみたいに、俺のごはんを横からつまみ食いすればいいだろ。なんでわざわざ人間に変化するんだよ」

「決まっているだろう。オレもうまい肉をたらふく食べたいからだ」

「鬼の食べ物は肉じゃねーだろ！」

「うむ。鬼の糧はヒトの魂である。しかし、ケモノの肉もたまには味わいたいのだ。なんというか……そうだな。おやつみたいな感覚だな」

「お前、おやつ感覚で俺にランチ六千円を払わせるつもりなのか」

「オレの宿主なら、それくらいの甲斐性は見せろ」

ふふんと勝ち気に微笑む氷鬼は、腹が立つほど艶めかしい。ほら、通りすがりの女性が二度見している。そして俺にはチラ見もしない。くっ、悔しい。

しかし、こうと決めたら絶対に引き下がらないのが氷鬼だ。何を言ってもコイツはついてくるだろう。

「仕方ないか……。どうでもいいけど、さっきの『ヘンシン！』ってなんだよ。変なポーズも取ってさ。人間に変化するのに、そんな仕草いらんだろ」

「最近、とあるテレビ番組にハマっていてな。『百人戦隊ハンドレッドキング』というのだが、いつもあのようなポーズを取ったあと、奇妙な恰好に変装するのだ。あれが面白くて、そのうち真似てみようと思っていた」

こいつは俺が仕事をしている間にテレビを見たりゲームをしたり、腹が立つくらいニートライフをエンジョイしている。

氷鬼は大昔に発生した鬼なのだが、今の世俗に馴染むのが妙に早かった。他の鬼もそうなのだろうか？　毎日つまらないと思われるよりはいいのかもしれないが、時々羨ましくなる。住民税とか社会保険料とか払わなくていいし。

ともかく、俺はすき焼き屋に電話をかけて当日予約でも大丈夫かと尋ねてみた。すると席は空いていると返事がきたので、さっそく店に入る。

「へえ……これは」

少し薄暗くてひんやりした空間は、不思議な非日常を感じさせてくれる。

この店は、かつて『お茶屋』だったお店を改装したらしく、店内は趣のある雰囲気に包まれていた。

和服にエプロンをつけた店員が畳部屋の個室に案内してくれて、俺と氷鬼は腰を下ろす。

お目当てのすき焼きは、手際よく作ってもらえた。

丸くて平べったい鉄鍋を熱して、牛の脂を溶かす。漂うにおいに、思わず腹がぐうっと鳴った。

関西風のすき焼きは、甘辛い味が特徴だ。牛脂の溶けた鉄鍋に、ザラメに似た『ごあん』という砂糖をたっぷり敷いて、その上にサシの入った立派な牛肉を乗せて焼く。

そして秘伝の割り下をかけると、じゅうじゅうといい音がして、食欲をそそる香りが立ちこめた。

まずはお肉だけを味わってくださいと言われて、俺と氷鬼は箸で牛肉を取り、溶き卵にくぐらせて食べる。

「ほお。これはなんとも芳醇(ほうじゅん)な味だ」

氷鬼が目を丸くした。俺はあまりのおいしさに言葉が出ない。

上品なだしを使った割り下に、がつんとパンチの効いた砂糖の甘さが牛肉の味をこれでもかと引き出している。

とろける牛の脂。噛むほどに出てくる肉の旨味。甘辛い味を溶き卵がまろやかに仕上げてくれて、柔らかな食感に呑み込むのが惜しくなる。

「あ〜うま〜い」

思わず笑顔になる。すき焼きは世界を救えるかもしれない。

あの陰陽刑事のオッサンも、このすき焼きを食べたらしかめ面が消えるかもしれないなあ。

そう考えた瞬間、ムムッと眉間に皺(しわ)が寄る。

やめやめ。考えない。今の俺は陰陽師ではなく、グルメルポライターなのだ。

牛肉を堪能したあとは、肉と一緒に野菜や麩を入れて焼き煮にする。よくあるすき焼きの絵面になってきた。

俺は店員に名刺を渡して、雑誌掲載用の写真を撮ってもよいかの許可を得たあと、デジカメで写真を何枚か撮った。

そして改めて、ねぎや焼き豆腐をお椀の中に入れる。

「まったくヒトというのは業の深い生き物だな。肉は肉だけでうまいのに、さらに美味にしようと試行錯誤する。そしてどれも腹が立つほどうまいのだ。ほんに罪深いなあ」

ぱくぱくと牛肉を食べながら、氷鬼がしみじみ言う。

「そうだな、料理は人間の歴史そのものだし。ていうか氷鬼、肉ばっかり食うな。野菜も食え！」

「オレは人間の魂以外では、肉以外食わぬ主義なのだ」

「新幹線で、俺の朝食代わりのサンドイッチ食っただろうが！」

「あれはほら、カツサンドだったからな」

ああ言えばこう言う……。ていうか、俺の肉がなくなるから食うなと言ってるのだ。俺だって肉を食いたいんだ！　ああでも、割り下と牛肉のうまみをたっぷり吸い込んだ麩が口の中でとろけてたまらん。豆腐もほろほろで、溶き卵にくぐらせて食べると箸が止まらない。

「くっ、この、とろとろ長ネギを食べ終えたら肉を食うから、そこでぐつぐつしてる肉は食うなよ。食うなって、うわあ〜！」

　俺が止める声も虚しく、鍋の中で踊っていた肉は氷鬼の口に吸い込まれていった。

「うう、この鬼め！」

「うむ、鬼だ」

もうやだこいつとご飯食べたくない。

俺はぷんすか怒りながら、鍋に新たな肉を投入する。次こそ死守してみせよう丹波牛（たんばぎゅう）。

氷鬼は悠々とお茶を飲み、俺を見て笑った。

「お前と一緒にいると毎日飽きないな」

「それはようござんしたね」

牛肉から目を離さず、唇を尖（とが）らせて答える。

すると氷鬼は、個室の窓に目を向け、まぶしそうに空を見た。

「あの人間の式神は、オレよりも忠義深そうな感じがしたが……さて。あやつの毎日は楽しいのかな」

俺はようやくゲットできた牛肉を溶き卵にくぐらせつつ、氷鬼を見る。

「あの人間って、屋上で会った陰陽刑事のことか？　式神がいたのか？」

「いたとも。姿は消していたがな。あの男に似て、やたら寡黙そうで堅苦しそうなヤツだったが、しかと宿主を守っていた」

へえ……。まったく気配を感じなかった。相当レベルの高い式神を使っているのだろう。まああいつのデキる陰陽師オーラは半端なかったから、当然といえば当然か。

「それにしても、あのビルにいた亡霊の数は尋常じゃなかったな。あれは一体なんだったんだろう」

ぐつぐつと煮えるすき焼きの音を聞きながら考える。

ビル全体が怪異化していた以上、すし詰め状態の亡霊がまったく関係ない――ということはないだろう。明らかに異常だった。

霊は高いところに集まりやすいとはいえ、そんなに簡単にあんなふうになるわけがない。そうだとしたら、全国のビルの屋上は霊だらけだ。

それに亡霊自体、本来はそんなにたくさんいるわけじゃない。

黄泉の世界に行くことができない、迷える魂――亡霊。

死してすぐに成仏できる霊がほとんどの中、ほんの一部の霊が、迷ったりためらったりして、三途の川に行けずにいる。

ちなみに、そういう霊の相手をするのも陰陽師の仕事だ。ほかにも宗教関係の祓い師とか、民間の拝み屋とかもいるらしいが、詳しいことは知らないので割愛する。とにかく、亡霊にカウンセリングしてみたり、あるいは力尽くで祓ったりして、彼らはこの世を去るものなのだが、それにしたってほんの一握りだ。

あんなふうに亡霊が密集すること自体、ありえない。

「そういえば……あいつら、ちょっと様子がおかしかったな」

あのビルの出来事を思い出して、ふと、呟く。

「ん、なにがだ？」

すき焼きの鍋から牛肉を取ろうとした氷鬼が顔を上げる。俺ははっしとその肉を奪い取って溶き卵にくぐらせて食べた。

「やけに大人しかったというか。怨霊が出た時は怖がっていたけれど、騒がなかったし、ビルから逃げようともしなかった」

もぐもぐと咀嚼しながら、考える。

亡霊は、空気同様に無害な存在だが、なんらかの主張をするものだ。

なんせ迷いがあって成仏できない霊である。愚痴もあれば悩みがあるのだ。まあ、大体は嘆いたり怒ったりしていて、会話にならないことが多いんだけど。

中には物静かな亡霊もいるだろう。別におかしい話ではない。でも、あのビルにいた亡霊は、皆そろって大人しかったのだ。そんなこと、ありえるのだろうか？

「うーん……」

箸の手が止まる。俺がしかめ面をしていると、氷鬼がサッと箸で牛肉をつまみ、ぱくっと食べた。

「普通に考えると、あの亡霊たちはビルに『寄せられた』と考えるべきだろうな」

「寄せられた、か。なるほど。そうなると『誰が』『なんの目的で』という疑問が出てくるよな」

本来は無秩序であるはずの亡霊が、あのビルでは妙に統率が取れていた。

あんな風に霊を集めた目的はなんだろう。それは、例の連続行方不明事件とどう繋がるのだろうか？

「それにしてもナルキはこのままでいいのか？」

「え、なにがだ？」

顔を上げて尋ねると、氷鬼はずずっと卵液をすすって、うまそうに一息つく。そして涼やかな瞳を俺に向けた。

「お前も陰陽師の端くれだろう。今回の行方不明事件に怪異が関係しているとわかって、何かしたいとは思わないのか」

……それは、俺にとって最も聞かれたくなかった質問かもしれない。

急激に食欲が薄れて、箸を置く。

「何かしたい、とは思うけど」

ぐ、と拳を握った。

俺は無力なのだ。陰陽師としてできる事といえば、身を守り、治癒する霊符を作ること、式神である氷鬼に戦ってもらうこと。

あの男みたいに、九字(くじ)を唱えて印を切るだけで怨霊を祓(はら)う……なんて、俺にはできない。

「ここは京都だ。腕のいい陰陽師はいるみたいだし、俺はお呼びじゃないよ」

怒っても、悔しがっても、それだけで俺の腕が劇的に上がるわけじゃない。

なら、無力な俺にできることといったら、引き際をわきまえることくらいだ。

「そもそも俺は、怪異を祓(はら)いに来たんじゃない。ライターの仕事をしにきたんだよ。だから、いいんだ」

そう言って、すき焼きの残りを食べた。

氷鬼はそんな俺を興味深そうに見て、箸で肉を取る。

こいつのことだから、俺の心中なんてお見通しなんだろう。そして苦悩する俺を面白がっている。悪鬼だから、性格は極悪なのだ。

陰陽師の知識を、父に隠れて学んだ。足りない才能を努力で補おうと躍起になっていたこともある。

失望しきった父を見返したくて、認められたくて——俺なりに頑張ったのだ。

でも、できなかった。俺はどんなに自分を危機に追い込んでも、身体を壊すほど身を粉にして勉学に励んでも、相手を傷つける術だけは身に付けることができなかった。

陰陽師は、魔を退けるもの。

そんな基本的なこともできない俺は、どこまで行っても半人前以下なのだ。

ランチを終えて、ぷらぷらと京都散策をし始める。

桜の季節と言うにははまだ一ヶ月ほど足りない気がするけど、遠くにある山を見れば、ちらほらと色づいている所があった。

場所を探せば、早咲きの桜を楽しめるかもしれない。

「次は、穴場スポットかあ。これは難しいな」

なんせ京都だ。どこもかしこも紹介され尽くされていると言っていい。

「こういう時に便利なのが、地元情報なんだよな」

四条の河原町通りを歩きながら、ぼんやりと呟く。

「確かに、その土地に住む者の話は面白いな。そんな便利な人間がいたらいいけド」

いつもの少年姿に戻った氷鬼が、俺の頭の上であぐらをかいて軽口を叩く。

「都合良く京都在住の知り合いでもいたらいいが、いねえんだよな。地道にＳＮＳで探してみるかあ」

世界的に有名なつぶやきアプリがあって、俺は便利に使っている。キーワードで検索をかけたら、なにかしら呟いている人がいるのだ。

あとは適当にネタになりそうなのを拾って、事実確認をして、面白そうなら記事にする。プロのライターなら自分で探せという意見もあるのだが、個人レベルで情報収集するのは限界があるのだ。

「う〜ん。三条大橋の刀傷は、意外と知れ渡っているんだよな。他に、幕末ネタでなんかいいところないかな。人気だもんなあ、新撰組」

小説や映画、ゲームにまで登場している新撰組は、今も根強い人気がある。とりわけ京都での新撰組人気はべらぼうに高い。最近は維新志士側も人気が高いのだが、一昔前の京都では、お土産屋に入れば新撰組グッズで溢れていた。ダンダラ模様のはっぴとか、誠と書かれたハチマキとか。

「俺としては、坂本龍馬とか桂小五郎とかも好きなんだけどな～」

「京都が血に濡れていた時代の話か。オレはその頃、江戸の山奥で寝ていたからなア。人間同士が殺し合っているのを見るのは楽しかったが、いささか長過ぎてな。飽きたんダ」

「飽きたって……お前ね」

はあ、とため息をつく。江戸時代になる前の日本は戦国時代と呼ばれるほど戦い三昧(ざんまい)だっただろうし、氷鬼は人間の諍(いさか)いを嫌になるほど見てきたんだろう。さらには世界規模の大戦もあったのだ。

氷鬼は、人間同士の争いを見て、何を思っていたのだろう。

まあ飽きて山奥で寝ていたくらいだ。呆れ果てて『人間は愚かな生き物だ』くらいは考えていそうだな。

でも、少なくとも今は楽しそうだからいい。俺がかつて氷鬼を説得したのも無駄ではなかったのかもしれない。

「ところで、ネタは見つかったのカ?」

「う～ん、だめだな。これといって……」

しかめ面でスマホを見ながら唸(うな)る。すると――

「キャー!」

遠くで悲鳴のような声が聞こえた。

「えっ」

顔を上げる。氷鬼も聞こえたようだ。俺の頭の上できょろきょろ辺りを見回している。

「あっちダ！」

俺の顔をぐきっと動かして、氷鬼が指をさした。俺は首をさすりながら走る。

そこは寺町通りと呼ばれるアーケード型の商店街だった。京都の台所、錦通りに繋がっていたり、有名なカニ料理店やすき焼き屋があったりするので、観光地としてもなかなか人気な商店街である。地元の人もよく訪れるので、このあたりはいつも人が多い。

悲鳴が聞こえたのは、そんな寺町通りの入り口近くだった。

「どうしたんですか！」

人垣になっているところを縫って入ると、ビジネススーツ姿の男性がひとり、倒れていた。悲鳴を上げたのは近くにいた通行者のようで、ぶるぶると震えている。

「うちに向かって、いきなり倒れはったんよ。そんで、泡ふいてしもうて」

関西弁を話す女性は、どうやら地元の人のようだ。

俺は地面に跪くと、男の様子を確かめる。

――白目をむき、口から泡が零れている。身体がピクピク痙攣していて、近くに食べかけのクレープが落ちていた。

なんだろう……？　とにかく助けないと。

「どなたか、救急車と警察に連絡を――」

俺は周りにいる人に助けを求めようとしたが、誰も動いてくれなかった。

「息、してへんのちゃう？」

「死んでるんやろか」

「でもぴくぴくしてるで」

ざわざわと話している。皆、事態は気になるけれど関わりたくないという感じだ。でも、スマホで写真を撮ろうとしている人がいたので、俺は慌ててコートを脱いで男の顔にバサッとかけた。

改めて考えると、怖い世の中だなあ。軽率に写真が撮れてネットにアップできるのは、便利である反面、とても危険だ。

俺はスマホで警察と救急車に連絡を入れたあと、もう一度男の様子を窺った。

どうしてしまったんだろう。霊障って感じはしないので、怪異には関係なさそうだけど。

とにかく、このまま放置するのは危険な気がする。

その時「のいて、のいて！」と言いながら、誰かが人垣を割ってやってきた。

「警察や。悪いけど、周りの迷惑になるさかい集まらんといて。それから撮影はあかんで！」

スマホを掲げる通行人に注意しながら、シッシッと手で払う男――

「あっ、お前は」

「陰陽刑事！」

お互いにびしっと指をさし合う。そいつは間違いなく、あの廃ビルの屋上で会った陰陽師にして警察官のいけすかないヤツだった。

男はみしっと眉間に皺(しわ)を寄せる。

「なんやねん陰陽刑事って。馬鹿にしとんのか」

「我ながら的確なあだ名だろ」

睨み合って減らず口をたたき合う。すると、氷鬼が呆れたように俺達を眺めた。

「そんなつまらない言い合いをしている場合カ？」

的確にツッコまれてぐっと言葉に詰まる。

「鬼に注意されるとは……俺も修行が足りひんな……」

心底悔しそうに呟いた男は、俺の向かい側で跪(ひざまず)く。

「鴨(かも)や」

「かも？」

頭の中に、水辺をたゆたう鴨が現れた。しかし彼は俺をじろりと睨む。

「俺の名前や。鴨怜治（れいじ）」

「ああ、鴨さんか。……ん、鴨ってことは……」

俺は思わず眉をひそめる。陰陽師の世界において『カモ』という苗字は特別な意味合いを持つのだ。

すなわち、賀茂家。平安時代に興（おこ）り、陰陽道を世に広めた宗家のひとつ。鴨がその家系の関係者だったとしたら、まさに陰陽師界のサラブレッドだ。

「それで、救急車は呼んだんか？」

切り替え早く男の容体を確認している鴨に、俺はハッと我に返った。

「あ、ああ。さっき警察に連絡入れた時に呼んだ」

「これはそこにおる鬼の仕業……というわけではなさそうやけど、なんでお前がここにいる？」

「お前って呼ぶな。俺は駒田成喜だ。俺はたまたま悲鳴が聞こえて、ここに来たんだ」

すると、鴨がフッと鼻で笑う。

「そういえばルポライターやとか言っとったな。スクープ狙いの野次馬根性で来たんか」

むっかー！

「迅速に警察と救急車を呼んでやった善良な市民に対していい態度ですね。これだから公僕は嫌いなんだ。いつも偉そうで後手に回ってばかり。肝心な時に役に立たない」

「アァ？」

「なんだよ」

互いにガンを飛ばし合う。

「お前らいい加減にしろヨ。オレにはどうでもいいけど、コイツ、このままだと死ぬゾ？」

氷鬼が冷たく言った。俺は慌てて男の胸に手を当てる。

……息、してない？　心臓の動きが鈍い気がする。顔色は蒼白で、たまにピクピクと痙攣する。救急車は遅れているのか、サイレンはまだ聞こえてこない。

「まずいな」

喧嘩している場合ではないと、さすがに鴨も険しい顔をする。

「ナルキの霊符では治せないのカ？」

ふいに氷鬼が尋ねた。

「怪我とか風邪なら治せるけど……」

俺がまともに使える数少ない陰陽術のひとつ。それが治癒の符術だ。しかし治癒の霊符は万能薬ではない。ざっくり言うと、霊符で細胞を活性化させて自己治癒力を高める効果があるだけで、どんな病でも治せるわけじゃない。

例えばだけど、癌は逆に進行を速めてしまうので、霊符で治そうとするのは危険だ。でも軽い風邪なら、人の免疫を活性化させて治すことができる。

一応、心臓の上に霊符を貼っておこうか。そこさえマトモに動いてくれたら、原因がどんな症状だったとしてもなんとかなる気がする。

幸い、鴨が追い払ってくれたおかげで、俺達を囲む野次馬の数はだいぶ減っていた。

俺はポケットから霊符を取り出して男の胸にぺたっと貼る。すると霊符は、鈍く格子状の印を光らせると、身体に溶けるようにしゅんと消えた。

「お前、それ」

「駒田だっつーの」

鴨にすかさずツッコミを入れながら、俺は男の様子を確かめる。

まだ容体に変化は見られないけれど、少しはよくなっていると信じたい。

「……駒田。それはお前が作ったんか」

鴨が、やけにシリアスな様子で尋ねる。顔を上げた俺は「ああ」と頷いた。

「俺は攻撃の符は上手く作れないけれど、防御符と治癒符だけは得意なんだ」

本当に、なんでこんなに偏った才能なのだろうとげんなりしてしまう。

怪我だろうが偏頭痛だろうが、患部に貼るだけでたちどころに治してしまう霊符。これだけ聞けばすごいかもしれないけれど、例えばの話をしよう。

君が道を歩いていてずっこけて血が出た。そこに俺が現れて『このありがたい霊符を貼ればスグに治るよ』と言って、よくわからん紙を貼ろうとした。

するとどうなる？　俺だったら全力で逃げる。

なんか変な宗教っぽいし。そのまま変な宗教会合に連れていかれて洗脳されそうだし。

変質者扱いされたくない俺は、他人に霊符を使うことは滅多にないのだ。

どんなに防御や治癒の霊符が得意でも、使う機会がなければ意味がない。完全に無駄な才能ってやつだ。宝の持ち腐れとも言う。だから俺は陰陽師として落ちこぼれなのだ。

親父は、おそらく鴨みたいな息子が欲しかったんだろうなあ。

――『どうしてこんな簡単な霊符も作れないんだ、■■め！』

――『俺の子とは思えない。こんな■■、■■んじゃなかった！』

父の嘆きの声を思い出す。

ごく幼い頃のトラウマ化した記憶なので、あちこちの言葉は朧気だけど……彼の苛立ちや悔しさを感じとったことは、嫌になるほどよく覚えている。

俺が陰陽師としてできる事は、怪異から身を守ったり、身体を治癒する霊符を作ることだけ。肝心な退魔の腕はからっきしだ。

印を切って怨霊を祓うことも、複数の式神を従えて鬼と戦うことも、できない。

俺の霊符を欲しがるのは姉くらいなものだ。曰く『絆創膏代わりにちょうどいい』とのことらしいが、自分の霊符を絆創膏扱いされるのは不服に思わなくもない。でも霊符は便利に使ってなんぼだからと、何枚か姉に分けている。

遠くから、ようやくパトカーと救急車のサイレンが近づいてきた。

「よかった。少なくとも最悪の事態は免れたみたいだな」

「……そうやな」

鴨は口数少なく、考え事をするように腕組みしていた。

「どうしたんだ。何か気になることでもあったのか？」

俺が尋ねると、鴨は僅かに目を伏せ「いや」と言った。

「なんでもない。ところで、そこにあるクレープは、この男のもんか？」

「ああ、多分だけどな」

俺は地面に落ちているクレープを見た。

自然に考えると、これは男が持っていたものと見て間違いないだろう。

男の様子と、食べかけのクレープ。この症状はもしかして——。でも、そうだとしたらおかしい。男の年齢から考えても、知らないわけがないだろうに。

奇妙な違和感を覚えながら、俺は担架で運ばれていく男を見守った。

俺は参考人ってことで、鴨に警察署へ連行され、事情聴取を受けた。

とはいえ、俺にできる説明といったら、悲鳴が聞こえて駆けつけたら、件の男が倒れていたので通報した……くらいなものだ。

ようやく聴取が終わって警察署を後にすると、いつの間にか鴨の姿が消えていた。俺が真面目に聴取を受けていたというのに、どこへ消えたのだ、あの唐変木は。

「あ、しまった」

はたと思い出す。俺は例の男にコートをかけっぱなしだったのだ。警察署に引き返して、受付でコートを返してほしいと訴えたら、自分で取りに行けと病院の場所を教えられた。

警察、対応が冷たいな……。でもまあ、そんなもんか。

幸いにも、病院は市バスに乗って十分くらいのところにあるようだ。俺はタイミング良く来たバスに乗り込み、病院の停留所に近づいたところで、降車ボタンを押した。

「わっ、なんだそレ。オレが押したかっタ！」

ボタンを押すのが好きな氷鬼が騒いだが「帰りに押したらいいじゃん」となだめて、バスを降りる。

さて、コートはどこで返してもらえるんだろう。受付で説明したらいいかな。

そんなことを考えながら病院の入り口に向かうと、そこには見知ったヤツが待ち構えていた。

「うおっ、鴨だ」

「……」

鴨はなんだか不機嫌そうな顔をしている。というかこいつはいつも不機嫌だな。逆に機嫌の良い時なんてあるのだろうか。

「ここに来ると思ったわ。ほら、これを取りにきたんやろ」

手に持っていた青いスプリングコートをポイッと投げてくる。俺はハシッと掴んで、袖を通した。

「警察で、ふらっと消えたと思ったら、こんなところにいたんだな」

「男の意識が戻ったっつう連絡が来たさかいに、一応話を聞きに行ったんや」

「なるほど。警察としては、事故か事件か判断する必要があるよな。あの人、結局何が原因で倒れていたんだ？」

無駄だろうけど聞いてみる。守秘義務があるから、そうそう話せないだろうけどダメで元々というやつだ。

しかし鴨はくるりと俺に背を向けると、くいと顎をしゃくった。

「ちょうどええわ、来い。ちょっと試してもらいたいことがある」

「俺が……試す？」

なんの話だろう。聞こうとしたが、鴨はさっさと病院に入ってしまった。

ぐぬぅ。人の返事も聞かずに行動するとは、さては団体行動が苦手だな？

「コートも取り戻せたし、あんなヤツ放っておいて、そろそろ夕飯食いに行こうゼ～」

氷鬼が俺の腕をぺしぺし叩く。俺もそうしたいのはヤマヤマなのだが。

「放り出したら、それはそれで後から気になりそうだしなあ」

仕方ない。俺はため息をついて、鴨の後ろを追いかけた。

鴨は院内のエレベーター前に行くと、ボタンを押す。俺が隣に立つと、彼は声を潜めて話しかけてきた。

「少し、聞くが」

「ん？」

「駒田の符術は、誰に教わったんや」

「ああ、独学だよ」

答えると、鴨は目を丸くしてびっくりした顔をした。おっ、初めて不機嫌じゃない表情を見たぞ。

「ど、独学で、あんな符を書いたんか。硯や墨、筆の清め方や、呪いの唱え方は？」

「えっと……本を見て、その通りにやっただけだけど」

何を驚いているんだろう。符の書き方なんて、陰陽術では基本の部類だと思うんだが。

多分鴨だって、多少違いはあっても基本は同じはずだ。

ちなみに符術は、筆を滑らせている間、延々と呪いの文句を唱え続けなければならないので、一枚作るだけでもめちゃくちゃ疲れる。鴨が言ったように、符を作成する前日は硯や筆を清めたり、墨に使う水も、霊山で汲んだ水を使ったりするので、準備にかかる労力も半端ない。そして、それを便利な絆創膏代わりに何枚も作らせる姉ちゃんは鬼である。

それにしても、鴨が再び不機嫌顔に戻ったのだが。そして仏像のように動かなくなったのだが。どうやら考え事をしているみたいだが、今のやりとりで思い悩むところなんてあっただろうか？

エレベーターが一階に到着して、ガコンと扉が開く。

しかし鴨は一歩も動かなかった。本当に仏像になってしまったのか。俺はツンツンと人差し指でヤツの背中を突いてみる。すると、鴨はハッと我に返った様子で、何事もなかったようにエレベーターに乗った。

「そうか。師匠がおらんで、よう霊符なんか作れたな。普通は無理やで」

「俺んち、一応代々陰陽師でさ、蔵ん中にはたくさん陰陽術の本があったんだよ」

「本読んだって簡単に言うけど、中世日本語で書かれたものばかりやろ。解読にどんだけ時間かけたんや」

「それは……まあ、頑張った」

中には、草書体で書かれた……いわゆる『へにょへにょ文字』の本もあったけど、図書館で調べたり、古文の勉強をしたりして読んだ。

俺にはそれしか学ぶ方法がなかったから、文字通り必死だったというわけだ。

「しかし、妙な話やな。代々陰陽師なら、ふつうは親から学ぶもんなんちゃうんか」

む、なかなか鋭いツッコミ。ちょっと話しすぎたな。

俺はカリカリと頭のうしろを掻いて、苦笑いをする。

「ご覧の通り、俺は鬼一匹倒せないようなヘボ陰陽師なので。親父にさじを投げられたんだよ」

「ヘボ……？」

鴨がまた難しい顔をした。なんだろう、さっきから。

エレベーターが目的の階に到着して、俺たちはしばらく廊下を歩く。やがて鴨は、個室の扉をコンコンとノックして開けた。

「何度も悪いな。ちょい、客を連れてきたで」

その部屋のベッドに座っていたのは、寺町通りで泡を噴いて倒れていた例の男。

本人はすでに目覚めており、落ち着いた様子でぼんやりと窓を見つめていた。

「ああ、無事だったんだな。よかった」

俺はホッと安心した。救急車を呼んで手遅れだったら、後味が悪いどころじゃなかったもんな。

「この男は樫田（かしだ）という。昏倒（こんとう）した原因は小麦のアナフィラキシーショックやったんや。つまり食物アレルギーになるものを食べてしもうたのが原因。実は結構重症やったんやで」

俺はその言葉に驚きつつも、『やっぱりな』と納得した。

男——樫田が倒れていた場所に、食べかけのクレープが落ちていた。どうしても、あれが気になっていたのだ。

「樫田の命が助かったのは、駒田が貼った霊符のおかげや」

「え、そうだったのか。ダメ元でも貼ってみてよかった。でも俺の霊符は、食物アレルギーを治すなんて器用なことはできないけど？」

「食物アレルギーは治ってへん。心臓の上に霊符貼ったやろ。心肺停止になってた心臓が、あの霊符の効果で動いてな、それで息を吹き返したんや」

なるほど。苦し紛れにやってみたけど、役に立っていたようでよかった。

俺がちょっと嬉しい気持ちになっていると、ベッドのフチからひょこっと氷鬼が顔を出した。

「それにしても、食ったら死ぬようなものを食べるなんて、この男は自殺願望でもあったのカ〜？」

鴨の表情がたちまちムスッと不機嫌になる。

「どうでもええけど駒田はその鬼と手を切るつもりはないんか。ソレ、悪鬼やで？　式神は読んで字の如く、神を使役することを指す。鬼神ならともかく……穢（けが）れである悪鬼を式神にするなんて聞いたこともないんやけどな」

鴨はじろりと氷鬼を睨んだ。しかし氷鬼はどこ吹く風だ。ベッドのふちで頬杖をつき、挑発的な目で鴨を見上げてにやりと笑う。

「レアケースでいいだロ。悪鬼が式神になってはいけないなんて決まりはないゾ」

「あっせやな。そんなら俺がここで祓おか。ちょうどさっき、霊符を補充したばかりやし？」

言うなり、鴨は手を上げて印を切ろうとした。俺は慌てて止める。

「待て！　今は氷鬼のことよりも、俺に試してほしいことがあるんだろ。それは樫田さんに関することなのか？」

鴨はしぶしぶ手を下ろした。

「ああ。……駒田は、退魔の腕はないみたいやけど、治癒術は長けているからな。それで、樫田をどうにか治せへんかなって思ってん」

「……どういうことだ？」

俺はベッドに座る樫田を見た。彼は未だ、黙ったままでぼんやり窓を見ている。

「今の樫田がどうなってるんか、わからんのか？」

「ごめん。わからない」

腕のいい陰陽師ならわかるのかもしれないが、俺はそういう察知能力も皆無なのだ。

それに、樫田はアナフィラキシーショックで倒れたというのに、陰陽術で治してほしいとはどういう意味なのだろう。

あれ、そういえば氷鬼も言っていたけど。

「樫田さんは小麦アレルギーなのに、どうしてクレープを食べたんだ？」

普通、食物アレルギーを持っている人は、その食物を避けるものではないだろうか。

クレープなんてどう考えても小麦が入っているとわかるだろうに。

すると、樫田がふいと顔を上げた。そして、俺をまっすぐに見る。

「し……知らなかった、んだ」

「え？」

「この身体が、小麦を受け付けないなんて、知らなかったんだ」

背中にぞくっと怖気が走った。彼は何を言っているんだ。まるで――

その時、樫田の表情が突然怒りに変わった。

「知らんかったなんてアホかっ！　ええから俺の身体から出ていけや、このっ」

胸元をかきむしり、ワイシャツの襟ぐりを掴んで引っ張る。突然の奇行に、俺の思考がついていかない。

「へ～、コイツ面白いな。ひとつの身体に、魂がふたつ入ってるゾ」

ベッドに肘を置いて、氷鬼が面白そうに目をきらきらさせた。

「身体に、魂が……ふたつ？」

目を丸くすると、鴨が疲れたように額を手で押さえた。

「そういうことや。理由はわからんけど、樫田の身体には魂がふたつ入っとる。どうやら樫田が小麦アレルギーと知らんほうの魂が身体を操って、クレープを食べたみたいやな」

鴨が言っていることは理解できる。

でも、そんなことってありえるのか？

「えっと、樫田さん……の身体の中に入ってる魂さんたち。ふたりと同時に会話ってできるのかな」

おずおず尋ねると、自分の髪をひっぱったり、じたばた暴れたりしていた樫田の動きがぴたっと止まった。そして神妙な様子で俺に頷く。

「口は一個しかないから、同時に喋ることはできひんけどな」

「なるほど、了解。とりあえず関西弁のほうが元からの樫田さんで、標準語のほうが後から入ってきた魂さんってことでいいのか？」

「そう。関東弁のほうが、俺に小麦食わせたヤツや」

樫田が腕を組んでムスッとした顔をする。

「わかった。じゃあまずは、標準語の方のほうから話をさせてほしい。えっと、名前はあるのかな?」

俺が質問すると、樫田の動きが一瞬止まった。そして、次は怯えた様子で、ぼそぼそと答える。

「トウヤ……」

「わかった。ではトウヤ、君はどうやって樫田さんの身体に入ったんだ?」

普通、魂は他人の身体に入ることはできない。

呪術でも使ったなら話は別だが、トウヤにそういう知識があるようには見えない。

案の定、彼は困った顔で首を横に振った。

「わからない。気づいたら、この身体の中にいたんだ」

「なんやねんそれ。自分でもわからんのかいな!」

「ごめん。僕の意識はこの身体に入ってから覚醒したんだ。だから、その前に何があったのかは、わからない」

「頼りなっ。まあええわ。とにかく俺の身体からはよ出てくれへんか?」

――ちなみに、この会話は樫田ひとりのものだ。はたから見れば、樫田がひとりで漫才してるようである。

彼が大部屋ではなく個室にいた理由をなんとなく察した。こんな様子では、他の入院患者が不気味に思うだろう。医者や看護師も気味悪がったかもしれない。

トウヤは困った顔をして首を横に振る。

「それが……できないんだ」

「はあ〜？　勝手に入ってきて、出られへんってどういうことやねん！」

「樫田さん、ちょっと待って。怒る気持ちはわかるけど、今はトウヤの魂がどういう状態か確かめないといけない」

またひとりで問答を始めてしまった樫田を止める。

樫田は不満そうな顔をしたが、俺の言葉に納得したのか黙ってくれた。

「トウヤは、その身体から抜けたいと思っているんだな？」

「……うん」

「今、自分がどんな感じか、説明できるか？」

「うまく言えないけど、がんじがらめになってるような苦しさがあるんだ。この身体から抜け出ようと思っても、自分が動かない感じで」

樫田の顔で、トウヤが途方に暮れた顔をする。

「憶測だけど。これがトウヤ自身の仕業でないなら、誰かが樫田さんの身体にトウヤの魂を無理矢理入れたんだろう。鴨、こういう霊障（れいしょう）の経験ってあるか？」

腕を組んだまま、黙って俺と樫田を見ていた鴨は、ゆっくりと首を横に振る。

「ないな。死体に霊が取り憑いたり、生きた人間の身体を乗っ取ろうとする怨霊はいたが、複数の魂がひとつの身体に収まっているケースは初めて見る」

うーん。それはそうだよな。

人間の身体を乗っ取りたい怨霊にとって、その人間自身の魂は邪魔だ。普通は追い出したり、最悪なケースだと殺したりする。

「だが、一応試してみるか」

鴨はそう言って、懐から一枚の霊符を取り出した。

おお……俺が作るのよりも遥かに上等そうな霊符だ。うっすらと輝いているんですけど。なんだあれ。どんな風にやれば、あんなにありがたそうな霊符が作れるんだ。

鴨はその霊符を、樫田の額にぺたりと貼った。そして人差し指と中指で霊符を押し当て、小さく呟く。

「急急如律令――禍害の悪霊を厭ち除け」

まじないを口にした途端、霊符がカッと光った。俺は思わず目を瞑った。

そして目を開けると、苦々しい表情を浮かべた鴨と、キョトンとした顔をする樫田がいた。

「ど、どうなったんだ？」

「やっぱりあかんわ。単純にトウヤの魂を祓えばええってもんやないらしい」

鴨は頭を掻いて「面倒なことになったわ」と言った。しかし俺は慌てて鴨に詰め寄る。

「おい、問答無用で祓うなよ。もし成功していたら、トウヤの魂が消滅してたってことだろ！」

陰陽師の退魔術は基本的に容赦がない。祓われた魂は、黄泉の世界に旅立つこともできないまま無と化すしかないのだ。

鴨は「は？」と訝しげな顔をした。

「生きてる人間に迷惑かけとる時点でその魂は悪や。陰陽師は、そういう悪を退けるのが仕事なんやで。お前は何を言うとんのや？」

あまりに正論すぎる正論に、俺はぐっと言葉に詰まる。

確かに、鴨が言ってることは正しい。

人間を困らせる摩訶不思議な存在を祓うのが、古来から続く陰陽師の仕事だ。

鬼も、祟りも、亡霊も、怨霊も、人間に迷惑をかけた時点で『悪』に属する。陰陽師はこれを早急に解決し、世に平安をもたらさなければならない。

でも。――でも。

「トウヤは、会話ができるんだ。悪霊じゃない」

姉ちゃんに押しつけられる形だったけど、俺は何度か怪異に遭遇してきた。

その中には、話が通じないものもいて、最初はとても苦労するけれど……

「会話できる霊は、たとえ悪いことをしていたとしても、反省を促して行動を改めさせるチャンスがある。あの世で罰を受けるとしても、消滅してしまったらそれまでなんだ」

それは、憎しみと怨みの権化になった怨霊であろうとも同じ。もしかしたら、自らの行いを反省して怨霊から亡霊に戻り、黄泉の世界に旅立てるかもしれないのだ。

何より、トウヤはまだ怨霊じゃない。方法を間違えなければ成仏できるはず。

悪い行動を、なかったことにすることはできない。

生きた人間なら、善行を繰り返して徳を積み、それまでの悪行を覆すことも可能だが、亡霊はそれが一切できない。死した後の悪行は、黄泉の世界で公正なる審判が下されるだけなのだ。

でも、きっと——罪を償ったあとの世界があると思う。

死後の世界は、できるだけ多くの人が心安らかであってほしい。

トウヤも、きちんとした形で旅立ってほしい。

たとえ相手が悪人であろうと、消滅して存在が無になってしまうなんて、あまりに悲しいじゃないか。

「お前……」

鴨が、戸惑った声を出す。すると、ベッドの脇で大人しくしていた氷鬼がクスクス笑った。

「おもしろい人間だロ。ひとかけらでも冗談の気持ちがあったらいいんだけど、これがド真面目に言ってるんだもんなア」

「氷鬼」

俺が彼を睨むと、氷鬼はこちらを見てニヤリと口の端を上げる。

「どう聞いても陰陽師の言葉とは思えなイ。オレも最初に聞いた時は、カモみたいな反応をしたゾ？」

確かに、初めて氷鬼に出会った時に『説得』したら、めちゃくちゃ呆れた顔をしていたっけ。そして次の瞬間、腹を抱えて笑い転げたんだ。

むぅ、思い出したら腹が立ってきた。

会話ができる相手なら、話し合いで解決してもいいじゃないか。話し合ってダメなら、陰陽師として退治するしかないけど。

……まあ、いざ退治するとなったら俺は無力なんだけどね。

自分で自分にダメージを受けてしまって凹んでいると、鴨がため息をつく。

「まあ、ええわ。どうせ祓えへんかったんやし。いや、力尽くで祓うことはできるけど、そうしたら別の問題が発生するしな」

「別の問題？」

俺が首を傾げると、樫田が言った。

「なんでや。力尽くでも祓ったらええやん」

「あんたの魂も一緒に消滅させてええんやったら祓ったるけどね」

感情の乗らない声で言う鴨に、俺と樫田は目を合わせる。そして同時にガバッと彼を見た。

「樫田さんも一緒に消滅⁉」

「どど、どういうことや！」

俺達の勢いに、鴨が面倒くさそうな表情をする。

「さっきの霊符の反応で分かったんやけど、トウヤの魂は、単純に樫田の身体に取り憑いてるわけやないみたいや。どうも……樫田の魂とぴったりくっついてるというか、ややこしく絡んでいてな。ほどくのが難しい」

樫田の目が見開き、俺は呆気にとられる。

魂って、そんなふうに絡まるものなのか？

思わず氷鬼を見ると、彼は難しそうな顔をして首をひねった。

「ン〜、ヒトの中で魂が絡むなんて珍しい例ダ。しかし、人間の魂をそんなふうに弄れるのは、力の強い鬼くらいだろうナ」

「へえ、氷鬼もできるのか？」

「いや。魂で遊ぶのはオレの趣味じゃなイ。オレは生きの良い魂をツルッといくのが好きなんダ。昔から人間も『食べ物で遊ぶな』って言ってきただロ？」

俺が聞いてるのは、食い方の趣味とか行儀が悪いとかそういう話ではない……

でも、この件はどうやら鬼が関係しているようだ。

鴨を見ると、彼は難しそうな顔をして考え事をしている。今のうちに俺のほうで引き出せる情報がないか試してみるか。

「えっと、樫田さん。もう一回トウヤに代わってほしいんだけど。トウヤは自分の意志で樫田さんの魂に絡んだわけじゃないんだよな？」

そう聞くと、樫田の身体が一瞬止まる。

「……うん。ただ、声が聞こえたのは覚えてる」

「声？」

トウヤはこくりと頷いた。

「僕を呼ぶ声。誰の声かはわからない。男か女かも覚えてない。……でも、その声は、僕を『代わりにする』って言っていた気がする」

ううむ。トウヤの言葉は、とりとめがなくて曖昧だな。

樫田も同じようなことを思ったらしく、大げさに頭を振る。

「覚えてないだの わからないだの、ほんまに頼りないやっちゃなー！　もっとしっかりせえよ。自分の記憶やろ！」

「そうは言っても、この身体に入る前の記憶があやふやなんだ。僕が死んでいるのは間違いないんだけど」

何も覚えていない自分に苛立っているのか、トウヤが不満げに顔をしかめる。

「……なるほど。記憶があやふやなんは当然やな。亡霊は意志も自我もない魂の状態や。あるんは後悔や恨みの感情、生に対する本能的な憧れとかやからな」

しばらく考え込んでいた鴨が納得したように言う。

「とにかく、今はどうしようもない。先に、樫田がこうなった原因を見つけへんとな」

「原因か」

俺は腕を組んで考える。

トウヤの記憶があてにならないのなら、次は樫田から手がかりを追うことはできないだろうか。犯人が誰なのかも気になるけど、そいつが手当たり次第に魂を弄んでいるとしたら大変な事態だ。絶対に止めないといけない。

それから、犯人の目的もわからない。なぜ複数の魂を混合させる必要がある？

まあ、相手が『鬼』なら、完全に遊びで悪さしてる可能性はあるんだけど。式神になる前の氷鬼もそんな感じだったし。

でもなんとなくだが、今回のケースは、明確な目的があるような気がするんだ。だって、魂を絡ませる動機が『娯楽』だとしても、俺にはそれ自体が『面白い』と思えない。

「樫田さんに尋ねますけど。自分が『そう』なってしまう前のことを覚えていませんか？」

そう尋ねると、樫田はちょっと神妙な顔をした。

「俺が、こうなる前……」

思い出すように呟き、ハッとした顔をする。

「そうや。俺、話題の占い師の店で占ってもろたんや」

占い師？　そういえば、京都に人気の占い師がいるって、どこかで聞いたような……

「もしかして『蛸薬師の占い師』か？」

鴨の言葉を聞いてやっと思い出す。

そうだ。編集長の呉さんが言ってたやつだ。なんでも、自分が望む性格に変わることができる占い師なんだとか。

樫田が神妙な表情で頷く。

「そう。半年待ってやっと予約が取れてな。今日の午前中に占い屋に行って。それから……うーん、店ん中でカウンセリング受けたくらいまでは覚えてるんやけど……」

そう言って、樫田は頭を抱えてしまった。

おそらく、そのあたりでトウヤの魂が入ってきたのだろう。

そして樫田の身体を手に入れたトウヤは、クレープを購入し、食べてしまった。そしてアナフィラキシーショックを起こして倒れてしまった。

よし、なんとなく繋がってきたぞ。

「わかった。トウヤの魂についてはいずれなんとかするけど、今は無理や。こっちもいろいろ調べてくるさかい、しばらく待っていてくれるか」

鴨も頭の中で情報が整理できたようだ。コートのポケットに両手をつっこんで、樫田を見下ろす。

「ああ、頼む。念のため、俺の連絡先を教えとくわ」

スマートフォンを操作して、連絡先を交換しあう。

「迷惑をかけてごめんなさい。僕からもよろしくお願いします。――僕がこんなふうに蘇るのは……間違っていると思うから」

トウヤに代わった樫田が、ベッドのシーツを両手で掴む。

彼は成仏できない亡霊だった。亡霊は、後悔や無念を心に抱え、黄泉の世界に旅立てない憐れな霊だ。

きっとトウヤも理由があって、この世を彷徨っていたのだろう。

彼の事情はわからない。でも、トウヤは今の状況を『間違っている』と言った。

それなら彼の意志に応えたい。俺は無力も同然だけど、何かしてあげたい。

そんな思いを心に秘めながら、鴨とともに病室を出た。

外に出ると、すっかり夜の帳が降りていた。

ふうと気を抜いた瞬間、ぐーっと腹が鳴る。

「夕飯でも食うか」

隣にいた鴨がぽつりと言った。

「え、それって俺を誘ってるのか？」

「夕飯くらいええやろ。俺と食うのが嫌やったら別にええけど」

「そんなことない！」

俺が慌てて鴨に言うと、彼はびっくりしたように目を丸くした。

い、いや……我ながら、そんなに必死になって言うことでもなかったな。

照れ隠しに頭を掻きながら、そっぽを向く。

「その。出会い頭は最悪な印象だったけど、考えてみれば家族以外で同業者と話すのは初めてだし。普通の陰陽師がどういう感じなのか、気になるっちゃ気になるし」

ごにょごにょと言い訳っぽいことを言っていたら、鴨がふっと笑う。

「そうやな。俺も、駒田を最初に見た時は、なんやこのええ加減な陰陽師崩れはって思ったわ。しかも鬼に憑かれとるって、最悪なオマケつきやったしな」

「わはは。まったくクダ」

「お前が同意するなよ」

思わず氷鬼にチョップつきでツッコミを入れてしまった。

「でも、駒田の霊符は完璧な出来やった。あれは単なる偶然や才能だけで作れるもんやない。長年の努力があってこその成果やっていうのは、俺にもようわかる」

そう言って、鴨は神妙そうに俺を見た。

「せやから悪かった。駒田のこと、勘違いしていた」

俺はポカンと口を開けて呆然とする。氷鬼がひょいと浮き上がって、俺の口に指を突っ込んだ。

「ごはっ！　氷鬼！　そういうつまんねえイタズラやめろよな！」

「だってバカヅラ下げてるからサ～」

けたけた笑って、あたりを飛び回る。まったく、何百年と生きてるくせにやることがガキっぽい！

俺と氷鬼のやりとりを見ていた鴨は、小さくため息をついて、かしかしと頭を掻いた。

「でもそうすると、逆に気になったんや」

俺は首を傾げた。鴨は難しそうな顔をして腕を組む。

「つまり、そんだけマトモに勉強しておきながら、なんで鬼なんかと和解して式神モドキにして、挙げ句の果てに、そんなイチャイチャじゃれあっとんねんっていう、純粋な疑問や」

「イチャイチャしてねえ！　でも、そういうことか。まあ、疑問に思うよな」

俺はぽんと拳を打つ。確かに、普通の陰陽師は鬼と会話なんかする気にもならないだろう。だって鬼を祓う術を持っているんだから。

しかし俺には切ない事情があって、どちらかといえば、会話せざるを得ないのだ。そこんとこを分かってもらうためにも、やっぱり鴨とは話しておきたい。

「ほんなら行くか」

「あ、どうせなら京都グルメがいいな。京懐石とか、おばんざいとか」

仕事であるグルメルポはまだ終わっていないのだ。俺がちょい食い気味に言うと、鴨はあきらかに嫌そうな顔をした。

「なんやねんその、ザ・京都みたいなベタなチョイスは」

「ベタで結構。多くの読者はそういうものを望んでいるのだ」

断言すると、鴨が心底面倒くさそうな顔をして、すたすたと歩いて行く。

「断固拒否や。仕事帰りくらい、がっつり肉食って、しっかり酒を飲みたい」

そんな身も蓋もないことを……。まあ、その気持ちはわからんでもないが。

こいつはまったく警察官らしくないけど、それなりに苦労してるのかな。

鴨の先導に従って病院から市バスに乗り、木屋町近くの駅で降りる。

その時、ひゅっと冷たい風が首に入り込んで、俺はぶるりと震えた。

三月の京都の認識を改めないといけないな。夜は、昼以上に寒い。まだまだ季節は冬みたいだ。もちろん暖かい日もあるんだろうけど、多分寒暖差が激しいんだろう。

「かつて魑魅魍魎が跋扈した魔都とは思えんくらい、洗練された街並みだなァ～」

俺の肩に乗る氷鬼があたりを見回しながらのんびり言った。

「そうだな。京都は、本当に綺麗な街だと思う」

御池通りは道路が広くて、ゆったりしている。

ぽつぽつと立つ街灯が白い歩道を照らしていて、ここだけ東京の街並みを切り取ったみたいだった。

でも、明らかに違うところがある。

歩道沿いに並ぶ建物の高さとか、明らかに年季の入った店構え。時折街角で見かける、史跡の目印。

そういう京都らしさを見るたび、ここは自分の家から遠く離れた街なのだと強く自覚し、旅の情緒を感じる。

「よし、この店にしよう」

歩道を歩いていたら、唐突に鴨が言った。

「ここは?」

見上げると、なんとも異国情緒溢れるオシャレな店があった。

「スペインバルの店や。京都といえば割烹料理や懐石料理が主流やと余所の人は思うかもしれへんけど、京都には他にもいっぱい、色んな店があるんやで」

鴨はずんずんと店に入っていく。俺も後ろをついていく。

「焼き肉屋とかめっちゃあるし、串カツもちょっとしたもんやし。まあ串カツは、大阪の地下街にあるような店とはちょっと趣がちゃうけど、おすすめの店なら結構あるんやで」

「へえ……。まあ、毎回外食が和食っていうのも、飽きるもんな」

店員の案内でカウンター席に座る。

どうやら人気店のようで、テーブル席にも、カウンター席にも、ほどよく客が座っていた。

「スペインバルってことは、酒が出るのか？」

「そう。……あー、酒苦手やったか？　ノンアルコールや、ソフトドリンクもあるで」

「いや大丈夫。つきあい程度なら飲める」

「それやったら、最初はサングリア頼もか。この店は自家製でな。なかなかのもんやで」

へ～。だんだん楽しみになってきた。メニューを見ると、ワインに合いそうな料理が並んでいて、どれもおいしそうだ。

「生ハムと、アヒージョ、それからポテトにしよか」

「おう、いいぞ」

すっかり楽しむ気になってしまった俺は、わくわくしながら言った。

「ふむ。では、オレは白ワインを頼もうか。異国の料理など久しいからな。楽しみだ」

俺の隣で、なにやら声がする。

ハッとして横を見ると、いつの間にかちゃっかり人間に変化した氷鬼が、当たり前のように座っていた。

「おいこら氷鬼。今日は昼間にしこたますき焼き食べただろ！」

「うむ。今は酒が飲みたい気分なのだ」

「肉しか受け付けない身体じゃなかったのか！」

「そんなわけないだろう、何を言っておるのだ。うむ、魚介のアヒージョとやらは初めて口にするぞ。心が踊るなあ」

氷鬼は俺の非難など馬耳東風で、のんびりと店員に白ワインを注文する。

あ～もう、こいつは～！

氷鬼のせいで今回の旅行は大赤字だ。なんだよ、普段はあんまり食事には興味を示さないくせに。

そうこうしていると、俺と鴨にサングリアが届く。

鴨はグラスを手に取ると、ジロッと氷鬼を睨んだ。

「まったく……。まさか鬼畜生と酒を飲む日が来るとは思わなかった」

「ふふふ。滅多にない機会。存分に愉しむといい」

鴨の敵意をさらっと流して、氷鬼はゆうゆうと白ワインを傾ける。

このふたり、前から思ってたけどもしかして、相性最悪なのだろうか。

まあ陰陽師が鬼と仲がいい、というのもは確かに問題な気がするけど。

「とりあえず乾杯しようぜ。仕事お疲れ乾杯！」

グラスを上げると、鴨はしぶしぶグラスを俺に向けた。かちんと合わせて、酒を飲む。

「うわっ、これうまい！　甘くて飲みやすい！」

自家製サングリアを絶賛していると、さっそく料理が運ばれてくる。

チーズや、イベリコ豚の生ハムの盛り合わせ。魚介のアヒージョ、あつあつのフライドポテト。

うーん。どれもおいしそうだ。俺は店員にサングリアのおかわりを注文して、さっそく取り皿に生ハムを載せる。

そしてぱくっと食べると、極薄に削られた生ハムはふわふわの食感だった。しっかり塩が効いていて、疲れた身体に染み渡る。

「グレイト～！　やっぱ仕事の締めは、肉と酒だな！」

生ハムの脂の部分が、口の中で溶けていく。まったりと味わった後、サングリアを飲むと、いっそう爽やかな香りと甘さが引き立った。

「さっきまで京懐石がどうたらおばんざいがどうたら言うてたくせに」

鴨が呆れたようなため息をつく。それはそれ、これはこれなのだ！

「それにしても、まさか同業者に会うとは思わなかったよ。まあ同業者といっても、俺はその道のプロってわけじゃないけどさ。ほとんど独学だったし」

ぐつぐつと泡立つアヒージョにフランスパンをちょんちょんとつけながら話すと、ゆっくり酒を飲んでいた鴨が「そうやな」と同意する。

「近代化と共に陰陽道は一気に衰退したからな。俺も実際に会うんは初めてやった。しかも鬼を説得して式神にしてしまう変人なんか、この世におるとも思わんかったわ」

そう言って、鴨はじろりと氷鬼を睨む。

「いったい何を企んどる？　鬼が改心して人間の味方についた――なんて、信じひんで」

俺を挟んで反対側に座る氷鬼は、うまそうに生ハムを食べた。

「そうだな、まあ人間の味方ではない。でも敵に回るつもりもないぞ」

「元から鬼は人間の敵って認識はない。単なるオモチャやからな。ただ気まぐれに遊び半分で人間を残虐に弄(もてあそ)ぶんや。そういう存在やから『鬼畜』と呼ばれるんやろ」

はっきりした鴨の言葉に、氷鬼がくっくっと笑う。

「鬼の本質をよく理解しているようだ。あまぼけナルキとはえらい違いだよ。まあお前みたいなのが本来の陰陽師というものなのだが」

「待て。あまぼけナルキってなんだよ」

「甘ちゃんでボケボケしてるナルキの略だ」

酷い！　そこまで言うか⁉　半人前だとか、へっぽこ陰陽師とかなら甘んじて受け入れるけど、甘ちゃんでボケボケって、そこまでいくと人間としてどうなのか……

俺がずーんと凹(へこ)んでいると、氷鬼がけらけら笑う。

「まあこんなヤツだからな。危なっかしくて見ておれんかったのだよ。なので、少なくともナルキが死ぬまでは、人間に悪さはしない。それだけは約束しよう」

「フン……なるほどな」

面白くなさそうな顔をして、鴨はアヒージョにひたしたフランスパンを食べる。

「わかった。この話は一旦終わろう。まったく納得はできひんけど、理解はした」

そう言って、サングリアの残りを飲み干す。

俺は鴨を見て、かねてから思っていたことを聞いてみることにした。

「そういえばさ。鴨は陰陽師なんだろ？　なんでそれを本職にしないで、警察官なんてやってるんだ？」

陰陽師はれっきとした職業だ。

今はそれを生業（なりわい）とする人はだいぶ少なくなっているけれど、人知れず存在している。

実際に、親父がそうだった。

神社の神主を務める傍（かたわ）ら、頻繁に怪異の解決を依頼され、陰陽師として遂行していた。決して少なくない報酬も貰っていて、うちみたいな寂（さび）れた神社はそのおかげで経営を維持していたようなものだった。

でも、鴨が警察官なのは違和感がある。こいつほどの腕なら、陰陽師として引く手あまただろうに。京都のような古い街は、他の街に比べて怪異の種類も多いと聞いたことがある。

鴨はやや困った顔をした。通りかかった店員に白ワインと鶏レバーのパテを注文する。

「そうやな。まあ駒田やったら話してもええかもしれん」

なんだか歯切れが悪いな。

生ハムをぱくぱく食べながらそう思っていると、鴨がやたら言いづらそうに事情を話し始めた。

「俺はれっきとした警察官なんやけど、ちょっと特殊な部署におるんやわ」

「へ～秘密警察みたいな？」

「そういう小説みたいなもんやなくて、刑事部弐課っていうんやけどな。すごい簡単に言うと、府民サービスのための課や。警察組織の中では閑職に該当する」

「はあ。閑職」

つまり……窓際部署ってことか？

え、もしかして鴨。警察内部でパワハラに遭っているのか……？

「そこ。そないに可哀想な人を見るような目で見るなや」

「だ、だって。えっ、閑職なんだろ」

「出世街道から完全に外れてるってだけで、仕事は普通やで。普段は刑事部の応援で捜査に加わったりしてるし。というか、今日の樫田の件にしても刑事部の仕事として樫田の事情聴取しに病院行ったわけやしな」

なるほど。別にいじめられてるわけではないのか。それなら良い、のか？　出世できないって、割と深刻に可哀想な気もするけど。

「でも、府民サービスって、警察が何をサービスするんだ？」

俺の質問に、鴨はぽつぽつと語った。

曰く。公務員はサービス業ではない、と謳っていた時代は終わりを告げた。

今の時代は、公務員であってもある程度は府民に愛想を振りまかなければならない。でないと、ほんの些細なことでも怒濤の電話攻撃がきたりして、通常業務に支障が出てしまうのだ。なんとも世知辛い話である。

刑事部弐課は、府民より警察に届けられる不安や不満、要望などを集めて、それらの問題解決に向けて尽力するのが主な業務だ。また、一般的に『迷宮入り』と呼ばれるような難解な事件を捜査することもある。これも『あの事件はどうなっているんだ！』という府民の声に対し『まだ捜査していますよ～』という体裁を整えるため……らしい。

「なんか、聞けば聞くほど、ろくでもない部署のような気がするんだが」

「まあそうやな。俺はもともと、陰陽師って仕事が嫌やったから、堅実な公務員になろうとして警察官を目指したんや。ほんで、交番勤務から頑張って、ようやく刑事部に配属されたと思うたのに、まさかこんな閑職に就くことになるとは……」

鴨が凹んだように俯く。

やっぱり、それなりに葛藤はあったんだな。そりゃ嫌だよな。せっかく花形の刑事になれたというのに、サービスする課に配属だなんて。

「せやけど、これも縁やったんやろうな。府民から寄せられる数々の不安……誰もが眉唾と思うような信じられへん出来事や、普通なら相手にもせえへん与太話。それらがなあ、怪異と繋がっとることが多かったんや」

俺は目を丸くした。淡々と生ハムを食べていた氷鬼も「ほう」と興味を持ったような顔をする。

「陰陽道とまったく関係ない仕事に就こうと思うて警察入ったのに、怪異に関わってしまうのは不本意やったんやけど、仕事なら仕方ない。……というわけで怪異を祓いまくってたら、署内でえらい重宝されるようになってな」

「なるほど。そりゃ、迷宮入りするような事件をつぎつぎ解決したら、デキる刑事って感じするよな」

「実際は刑事の仕事からかけ離れてるんやけどなあ……」

意に沿わぬ形で陰陽師としての仕事もするようになってしまった、職業警察官。

仕事ができるっていうのも善し悪しなのかもしれない。鴨は仕事に忠実で真面目な性格で、おまけに陰陽師の腕も確かだったからこそ、こんな複雑な立ち位置になってしまったんだ。

「でも、報告書とかどうしてるんだ？　事件の原因は怨霊の仕業でした……って書くわけにはいかないだろ」

「適当にごまかしつつ書いとるよ。警察としてはややこしい事案が解決して、府民の文句が減れば問題ないんやし。まあ、これを功績と見なして俺が出世したら、あれこれ鬱陶しい横やりが入るかもしれへんけど、幸か不幸か、弐課からの出世は絶望的やからな～。課員は俺ひとり、課長は刑事部二課との兼任やし。ま、気楽でええけど」

窓際部署で昇進は期待できないが、鴨は鴨なりにうまくやっているようだ。

俺はちょっとホッとして、フライドポテトを摘まむ。

「木屋町のあのビルの管理を任されていたのも、それが理由なんだな」

「そういうことや。行方不明事件そのものは一課が総出で捜査しとるけどね」

捜査に直接関係するようなものは見つからなかったけど、行方不明者が軒並み『そこで行方知れずになった』と言われている廃ビルを放っておくわけにはいかない。かといって、捜査の役に立たないビルの見張りをさせる人員は割けない。

……というわけで、弐課の鴨が抜擢されたのだ。

なかなか不憫だな。しかも、そのビルには亡霊がぎゅうぎゅう詰めになっていたのだ。霊が見える鴨は絶対に戸惑っただろう。

「それにしても、警察の仕事しながら、陰陽師の仕事もできるなんて、やっぱり鴨は有能なんだな～。俺とはえらい違いだわ。どうせ陰陽師としてもいい家柄の出身なんだろ」

サングリアの残りを飲み干し、頬杖をついてチーズをちまちま食べる。

ああ、酔っ払ってるのかな。我ながら、ちょっと僻(ひが)みっぽくなってる。

鴨は店員に白ワインのボトルを注文したあと、俺を見た。

「物心ついた頃から『家業を継ぐ』と決められてるのも、窮屈なもんやけど……お前には分からんかな」

「いや、それはなんとなくわかるよ。俺だって最初は親父に期待されてたし。結局、俺はめちゃくちゃ出来損ないで、匙(さじ)を投げられたけどさ」

要は才能の有る無しの話なのだ。

期待されるのは窮屈かもしれないが、期待されなくなるというのは、それ以上の苦しさがある。

家族の中で居場所がなく、俺があの家にいる意味がないように思えて、毎日が辛かった。

俺だけが出来損ないだったのだ。姉はまだ、占術の才能があったからましだった。

親に落胆される、というのは、子供ながらに無力を感じるもの。

父は俺の才能を見限ったあと、完全に俺を無視した。家にいるのに、いないものとして扱われた。

たまには外食しようと誘う時も、姉と母しか見なかった。

旅行の話が出た時も、姉と母にしか意見を求めなかった。

姉はそういう態度を取る親父に嫌気が差したのか、高校卒業と同時に家を出た。その時、姉に一緒に住むかと誘われて――俺は、頷いた。頷くしかなかった。

母は……あの人は、俺と夫を天秤にかけて夫を取った。父の機嫌を取るのはいつも母親で、父に命令されてからは彼女も俺を無視するようになった。

そんな家で、子供だった俺が生きていけるわけがない。姉に頼るほかなかったのだ。

悔しかった。無力さに苛(さいな)まれて、夜に密(ひそ)かに涙した。陰陽師の家系にさえ生まれなければよかったのにと、自分の境遇を嘆いたこともあった。

俺はまだ、その呪縛から逃(のが)れられずにいる。とりわけ陰陽道に対する劣等感が強い。

それなのに完全に陰陽道から離れた生き方をすることもできなかった。

姉と二人暮らしを始めて、すぐのころ。姉はやけに神妙な顔をして言ったのだ。

――『私は、ナルくんに最強の陰陽師になってほしいと願っているの』と。

何言ってんだ、と笑ってしまった。なれるわけないだろ、と吐き捨てた。しかし姉は真面目だった。

――あそこは最低最悪な家だったが、俺が陰陽師の末裔(まつえい)として生まれた意味は必ずある。

――『だから自分を否定しないで。持っているものを捨てないで』

まるで祈るように言った姉の言葉を、まだ覚えている。

陰陽師としては無力にも等しいけれど、俺が俺として生まれた意味はあってほしいと願うような切ない表情をしていた。

俺が陰陽道を捨てられないのは、未だみじめにすがりついているのは、あのやりとりも理由のひとつなんだろう。

『こんな俺でもできることはあるはず』と――

「そっか。まあ、家それぞれで、子供もそれぞれの苦しみがあるってことやな」

「だな。まあ～俺に比べたら、鴨の悩みなんて贅沢にしか聞こえないけど」

俺が減らず口をたたいた時、鴨が注文していた白ワインのボトルが置かれる。

……そういえば、鴨。さっきからノンストップで酒を飲んでる気がするんだけど、気のせいか？　俺なんか、まだサングリア二杯目だというのに。

「ところで樫田さんのことなんだけど。例の占い師のこと、気にならないか？」

疑問を投げつつ、鴨に負けじと店員さんにサングリア三杯目を注文した。ちなみに氷鬼はもはや何杯目かわからない。こいつも水みたいに酒をカパカパ飲んでやがる。

「蛸薬師（たこやくし）の占い師……か」

少し冷めたアヒージョにフランスパンをひたして、鴨が呟く。

「東京にも、その占い師の噂は届いているぞ。週刊誌の記事にもなったからな」

おかわりのサングリアをごくごく飲みながら言うと、鴨は少し黙ってパンを食べた。

「――俺も聞いたことはある。話半分にしか取らへんかったけど」

そう言って、ボトルを片手で持ち、グラスにどぼどぼと注ぐ。

「ふむ。オレはまったく知らないのだが、どういう占い師なのだ？」

生ハムをお気に召したらしい氷鬼が、生ハムの皿を独占しつつ、尋ねた。

「はっきり言って眉唾（まゆつば）もの――。与太話（よたばなし）としか思えへん話や。その人が本当になりたいと願う性格を占いによって明らかにし、実際にその性格になることができる。蛸薬師（たこやくし）の占い師は、人格変成の占い師とも呼ばれているらしいで」

「人格変成の……占い師？」

なんか、聞いたことないな。占い師って、そういうモノじゃないだろ。

「ええと、例えば俺の姉ちゃんは仕事で占い師をやっているけど、占いってそういう感じじゃないぞ。もっとこう、未来の吉凶を占うとか、人との縁を占ったりとか……。人生の分かれ道を選ぶ時にほんの少し助言をするような、そういうことが仕事じゃないか？」

占いの結果を自分なりに解釈して、自発的に性格を変える――ならわかるけど。占い師が他人の人生に介入していいのだろうか。

俺の疑問に、鴨が「そうやな」と同意する。

「本来の占い師は、あくまで助言者や。人生とは、自分自身で決めるもんやからな。せやから蛸薬師の占い師については俺もモヤモヤしとる。あれは占い師というよりも、宗教の教主みたいや」

「……宗教？」

俺は首を傾げた。鴨は苦々しい顔をする。

「その占い師のおかげで救われたという人らが、熱心な信奉者になってるらしい。性格が変わって人生がうまくいくようになったとか言ってな。あの強烈なシンパを見てると、まるでカルト教団やわ」

「そこまでなのか」

評判は聞いていたけれど、信奉者までいるなんて。うちの姉ちゃんとはまた違う意味で人を寄せ付ける力というか、カリスマのようなものがあるのだろうか。

樫田は、そんな蛸薬師の占い師に占ってもらって……そして、記憶が途切れた。いや、トウヤの魂が入ってきたのだ。

どう考えても、件の占い師とトウヤは関係している。トウヤ自身は覚えていないみたいだけど……

「やっぱ、会ってみるしかないのかなあ」

「ああ。ここで話し合っても仕方ないやろ」

「でも、予約でいっぱいなんだよな。樫田さんも半年待ったとか言ってたし」

さすがにそこまで待ってはいられない。

気になるけれど、一度東京に帰るしかないのかなあ……

そう思っていると、鴨がめずらしくにやりと笑う。

「いや、おそらくやけど、お前ならすぐに予約取れると思うわ」

「なんでだ？」

目を丸くして尋ねると、氷鬼が納得したように頷く。

「うむ。今のナルキには女難の相が見えているからなあ」

「まじか⁉　って、さすがに冗談、だよな？」

鬼である氷鬼や、凄腕陰陽師の鴨に『女難の相がある』と言われると、真実味がありすぎて怖い。だが、鴨は呆れた顔をした。

「からかうな、鬼。そうやなくて、駒田は亡霊のトウヤを説得し、激高する樫田の怒りをなだめて『蛸薬師(たこやくし)の占い師』という情報を引き出したんや。その占い師がほんまに黒幕やったなら、そんな陰陽師を放っておくはずがないやろ」

「……え？」

なんか、寝耳に水みたいなことを言われてびっくりしてしまう。

すると氷鬼がくっくっと笑った。

「亡霊がヒトに乗り移っていると分かって、最初に『会話』を選ぶのがナルキという人間なのだ。過去においても、そんな変わり者の陰陽師はナルキくらいだろうな」

「そっ、それはさすがに言い過ぎだろ」

俺は決まり悪げに唇を尖らせる。

だって、会話できるならしたほうがいいじゃないか。いやまあ、問答無用で祓える力があったなら、俺も鴨みたいに駒田に会った時は、速攻でトウヤを消滅させようとしたかもしれないけど。

「そうだな。俺も初めて駒田に会った時は、正直、侮っていた」

鴨が白ワインを飲みながら、独り言のように言う。

「せやけど当然やろ。亡霊も怨霊も、本来は物言わぬ者たちや。一方的な自己憐憫ばかり呟いて、人の話なんて聞く耳を持たない。俺はずっと、あれらには聴覚がないと思っていたんやで」

「え……？」

俺は慌てて鴨に詰め寄った。

「まっ、待てよ。確かに会話が成立しないやつらもいるだろうけど、たいてい会話はできるだろ」

今まで出会ってきた怨霊や亡霊。みんな俺の話を聞いてくれた。その上で怒ったり嘆いたりしていたので、時間をかけて説得した。

すると鴨は、冷めた目で俺を一瞥（いちべつ）する。

「できん。大人しい亡霊はまあ、俺の話聞こえてんのかなって思う時はあったけど、それでも会話まではできんかった。それに怨霊は、怨みの情のみで動く災いなんやで。口もなければ耳もない。人の業が生み出した災害みたいなもんや。喋れるわけがない」

亡霊は、怨霊は、喋れない……？

だって……俺は、ずっとそうやって。

思わずサングリアのグラスをテーブルに置いて、考え込んでしまう。

すると生ハムをぺろっと食べた氷鬼が、やけに意味深に俺を横目で見る。

「ナルキ、心配せずともよい。カモは陽の気が極端に強い陰陽師なのだ。そんなやつに心を開く怨霊がいるわけないだろう。やつらにとってカモはまぶしすぎる光なのだからな」

「陽の……陰陽師？」

えっと、昔……蔵の本で読んだ気がする。

陰陽師とは、陰陽の道理を習得せし者。そして万物の属性はすべて陰陽に分かれており、それらは相反するのではなく引き合い巡り合うもの——らしい。

つまり、言葉だけで聞くと、陽は正義で陰は悪っぽいイメージを持ちがちだけど、そうじゃなくて、表裏一体ってことだ。

「じゃあ俺は陰の陰陽師だったたってことなのか？」

「うむ。それも極端に陰の気質があるのだ。でなければ怨霊と呑気に会話なんかできんぞ。普通は怨霊の瘴気にやられて昏倒するものだ」

「そ……そうだったのか」

なんか、初めて聞いた。だって誰も教えてくれなかったし。……いや、教えてくれる人なんていなかったんだけど。

「確かに、そこの鬼が言うように、うちは陽に偏った陰陽師の一族や。ちなみに、土御門家は陰陽どちらも備えた両義らしい。そんで陰に偏った有名な陰陽師といえば……」

鴨は思い出すような顔をして、くいと白ワインを飲む。

「蘆屋道満か。安倍晴明なみに伝説化しとる陰陽師やな。あちこちの文献でよく悪者にされとるわ」

「ああ、名前だけは聞いたことがあるな。陰だからって悪者にされるのは納得いかないが」

「それはしゃあない。多くの者が安倍晴明を『正義の陰陽師』に仕立て上げたんや。そうなると、比較するために自然と『悪の陰陽師』が必要になる。その恰好の役者が蘆屋道満やったって話なんやし」

「ふぅん……理不尽だけど、そういうもんか」

「そもそも蘆屋道満は存在自体があやふややし、実在したかも確たる証拠がない。ただ、伝説のとおりなら、かの陰陽師は都を追われたあと、播磨(はりま)……今でいう兵庫に流されたって話やけどな」

つまり、関東には来ていないってことか。そういえば駒田家の陰陽道って、そもそものルーツが謎だ。それだけは蔵の本を読み漁(あさ)ってもわからなかった。ご先祖様は、いったい誰に教わったんだろう。

「そういえば、少し気になったんやが、最長でどれくらい怨霊や鬼と会話してたんや？」

鴨が尋ねる。俺は指を折って数えた。

「最長は……氷鬼を説得した時かなあ。一週間くらいかかったんだ。その間、ずっと山でキャンプ生活してたんだぜ」

「鬼の住まう山で、キャンプ生活やと……」

鴨が頭痛を覚えたように額を押さえる。氷鬼がにんまりと口の端を上げた。

「愉快だろ。なんせ山に近づくだけで、人は気分を悪くしていたんだ。それなのにコイツは平気な顔してテントを張るわ、寝袋に入るなりスヤスヤ寝始めるわ。あきれ果てたよ」

当時のことを思い出したのか、氷鬼はけたけたと笑い出す。

「そ、そこまで笑うことないだろ！　一応これでも陰陽師だから、瘴気(しょうき)には耐性があるんだって思ってたんだよ！」

なんだか恥ずかしくなってしまう。俺が持つ唯一の手段、説得。それが正統な陰陽師や鬼から見たら、突拍子のない行為だったなんて。穴があったら入りたい……。

すると、鴨は咳払いをして白ワインを飲む。

「まあ、駒田についてはなんとなく理解できた。別に、どんな方法であろうとも、結果的に除霊し、鬼を退治しとるんなら、俺がとやかく言うことやないしな」

そう言ったものの、鴨の表情は相変わらず厳しくて、じろりと俺を睨んだ。

「せやけど、あくまで俺の意見は変わらへん。その亡霊がほんまはええやつやろうが、話せばわかるやつやろうが、生者に迷惑をかけた時点でそいつは悪なんや。トウヤやって、突然心変わりして樫田の身体を完全に乗っ取る可能性だってある」

死せる者にとって、生きる者は憧れそのものだ。

妄執や後悔を抱いた者なら尚更、もう一度この世に蘇って、人生をやり直したいと願うもの。亡者とは、押しなべて『迷える者』だ。トウヤだって例外じゃない。

だから鴨の言うことは正論だ。俺の『説得』は、単なる自己満足で終わる可能性はある。

……だけど。

知らず、拳を握っていた。鴨は遠くを見ながら、ぱくっとチーズを食べる。

「でも、俺がトウヤを消滅させようとして駒田が怒った時にちょっと思ったわ。『祓い方』っていうのは、俺が知る以外にも方法があるんやろうな、って」

早口でそう言い、鴨はグラスに残った白ワインを飲み干す。

「祓い方？　俺、一度も祓ったことないけど？」

「まあ、術の力量はまだまだ要修行って感じやし、危なっかしいことこの上ないんやけどな」

「そうなのだ。オレもそこが心配で、こうして守ってやってるというわけなんだ」

鴨の言葉に、氷鬼がヤレヤレといった感じでため息をついた。

……待て。ふたりの言い分を聞いていると、俺って相当ダメなヤツじゃないか。

「しかし、あの占い師に関しては、ナルキひとりで会ったほうがいいだろうな」

氷鬼が真面目な顔で言う。

「そうやな。俺や氷鬼がついていくと、間違いなく警戒するやろし」

「ちょっと待て！　それって、俺ひとりなら相手が油断するって言いたいのか？　俺がぽんこつだから……」

鴨と氷鬼を交互に見ながら非難すると、ふたりとも頷く。ひどい。

「と、いうわけやから。明日の占い師は駒田ひとりで行ってこい」

「不安がらずとも、店の近くで待機しててやる。相手が暴れ出したら即座に飛んで行くから、泣くんじゃないぞナルキ」

「誰が泣くかっ！」

俺が前のめりになって怒ると、ふたりは楽しそうに笑った。

なんだよ。ついさっきまでいがみ合ってたくせに、いつの間に仲良くなったんだ。

俺はむすっとした顔をして、ぐびっとサングリアを飲んだ。

スペインバル前で鴨と別れたあと、俺は市内にあるカプセルホテルでチェックインの手続きをした。

う～ん、さすが観光地・京都。客層は見事に外国人ばかりである。

談話室で思い思いの時間を過ごしている観光客の間を縫うように歩き、シャワールームで一日の汚れを綺麗に落とした。

そして、エレベーターでロビーまで降りてから、スマートフォンで電話を始める。

『は〜い』

呑気（のんき）な高い声。あいかわらずの姉ちゃんである。

「こんばんは。もう仕事は終わってるのか？」

『うん。とっくに店仕舞いしたよ。今は家でのんびり動画見てるところ〜』

いつもながら、緊張感のひとつもない。こっちは割と大変なことになってんのに、気が抜けそうだ。

『それよりナルくん、京都旅行はどんな感じ？　京都らしくミレニアムな大物怨霊とか出てきた？』

「なんだそのミレニアムな大物怨霊って。別にそんなスペクタクルな体験はしてないけど、聞きたいことがあって電話したんだ」

俺の用件はひとつだけ。

蛸薬師（たこやくし）の占い師のことを少しでも知りたかった。同業者である姉なら、俺よりも詳しいかなと思ったのだ。

鴨と出会ったくだりから樫田の状態までをかいつまんで話し、意見を求める。

『人格変成ねえ。確かに京都の占い師の話は聞いてるわ。やたら熱心な信者が多くて、SNSでちょっとでもネガティブな意見を見つけたら、徒党を組んで攻撃するみたい。そんなだから、スピリチュアル界隈では結構冷めた目で見ている人が多いわね』

「本当に新興宗教みたいだな。でも、蛸薬師の占い師のおかげで性格が変わって、実際に救われた人がたくさんいるんだろ?」

『そうね。私が聞いた話でも、かなり劇的に『人格変成』されたみたい。それこそ、人生が様変わりするくらいの変貌を遂げた人もいるわ』

姉の話によると、その内容は驚くほどだった。

弱気で大人しい性格で、幼いころからいじめの標的になっていた人が、強気な性格に変貌し、いじめの加害者に徹底的な仕返しができたとか。

長年パワハラに悩みつつも、人が良い性格が災いしてなかなか転職できずにいた人が、すっぱりしたドライな性格になり、無事に転職して悠々自適に生きることができたとか。

ネットの口コミを見ても、蛸薬師の占い師に対する言葉は感謝と喜びで溢れている。

「性格が変わると、人生って、そんなに変わるのかな」

『すべての価値観がひっくり返るんだもの。そりゃ～嫌でも変わるわよ。でも、私はそんなのが占いだなんて認めないけどねっ』

姉が珍しく怒った声を出す。

『確かに今の時代は占術の在り方も多種多様で、誰でも好きに占い師を名乗っていい時代だけど、それでも他人の人生を操作するようなのは占いじゃないと思うわ』

「それは、そうかもな」

かつて、この国での占術といえば太極という哲学思想に基づいた易教だった。陰陽師といえば穢れを祓う退魔師としての顔が有名だけど、元々の陰陽道とは吉凶を占う学問だったのだ。でも、占術は時代が移ろうなかで様々な概念が取り込まれていって、今や区分しきれないくらいにある。ギリシャ神話に基づく星占いや、トランプやタロットを使ったカード占い。血液型占いもある。それから猫占いとかコーヒー占いとかタコに占ってもらうとか、本当にもう、占いの種類は数え切れないほどある。

……でも、それでも共通することがある。

それは、占いで他人の人生を決めつけないことだ。

中には『こうしなさい』と決めつける占い師もいるだろうけど、少なくとも姉ちゃんが思う『占い師』は、あくまで助言者なんだろう。

『でもねえ、自分の人生を私に決めさせたがるお客さんはいるわよ』

姉はちょっと困ったように言った。

『もっと成功したい、人生の勝ち組になりたいって。そのための方法を占いに頼るお客さんは……残念ながら多いわ。だからその占い師の人気の高さもわかる気がする』

「確かに、そういう客が欲しがる明確な方法を教えてくれるもんな」

それが、人格変成——か。

性格を変えて、その人が望んだ人生を手にする。

……でも、それでいいのか？　本当にその人は幸せなのか？

思い出すのは、病院で出会った樫田。彼もまた、蛸薬師(たこやくし)の占い師に性格を変えてもらおうとしたのかもしれない。彼はどんな人格変成を願ったのだろう。

「わかった。とりあえず明日は件(くだん)の占い師に会ってみるよ」

『気を付けてね。凄腕陰陽師くんによろしく言っといて～』

「はいはい。あ、そうだ姉ちゃん。ついでに聞きたいんだけどさ」

俺は先ほど鴨たちと飯を囲んだ時に、少し気になった話を尋ねてみる。

「あのさ、駒田家って代々陰陽師みたいだけど、そもそも誰から陰陽道を習ったか、知ってる？」

『んん、つまりウチのルーツが知りたいの？』

姉の返しに、俺は「そう」と答える。

『私も詳しいことはわかんないんだよね。そういえば、誰も教えてくれなかったなあ。案外、親も知らなかったのかもよ』

「誰に習ったかもわかんねえ教えを代々受け継いできたって、よく考えてみるとすごいな」

『ふふ、それだけ大切で、守っていきたい教えだったのかもね。でも、その教えはちゃんとナルくんにも受け継がれていると思うよ。ナルくんは本当に頑張ったもの』

姉の優しい声を聞いて、思わず苦笑してしまう。姉ちゃんは、俺の過去を全部知っている人だからな。その言葉にどれだけの気持ちが込められているか、弟なりに理解しているつもりだ。

「なんか、例のデキる陰陽師によると、駒田家の陰陽道は、陰に偏ってるんだってさ」

『へ～！　でもなんかわかるかも。私、夜型だし』

「いや、陰陽って、昼型と夜型って話じゃねえと思うんだが。俺は昼型だし」

ちょっとズレてる姉ちゃんに呆れつつ、ぽりぽりと頬を掻く。

「そんで、陰の陰陽師といえば有名なのが蘆屋道満なんだってさ」

『あ～あの、実在したかどうかもわからない偏屈陰陽師？　いや～さすがにウチとは関係ないんじゃない。あの陰陽師って、播磨に流されたんでしょ』

「だよなあ。やっぱり関係ないよな」

　俺もそう思ったんだけど、ちょっと気になったというか、心のどこかに引っかかったのだ。

「ま、いろいろ陰陽師の話が聞けて良かったよ。それじゃ、そろそろ切るから」

『うん、お疲れ様でした。それからナルくん、さっき君を軽く占ってみたんだけど……』

　姉はそう言って、少し迷ったように言葉を止める。

『ちょっと明日は、おとなしくしてたほうがいいかも。凶日（きょうじつ）の相が出てるからね』

「ええ～そういう不安を煽（あお）るようなこと言うなよな～」

『あと苦難の相と女難の相が出ていて、金運も下降気味。京都で予想外の出費なかった？　明日と明後日も、お金の消費には気をつけてね』

「ぐっ、明日と明後日も……だと……!?」

　俺は思わず胸を押さえてしまう。予想外の出費は確かにあった。氷鬼の飲み食いだ。そして苦難と女難の相が出てるってどういうことだ。めちゃくちゃ厄日じゃないか！

　姉は『あはは……』とばつが悪い様子で笑ったあと『大丈夫、大丈夫』と言った。

『すこぶる運勢は悪いけど、良縁を引き寄せる、とも出ていたわ。それから吉の兆（きざ）しも出てるわよ。きっと、苦労はすれども苦難は解決の兆しを見せるでしょうね』

「……まあ、話し半分に聞いておく」

俺が気のない声を出すと、姉は『ええ～っ』と不満げになった。

『私の占いは当たるんだからね！　とにかく、面倒事はいい方向に収束しそうだけど、危険も伴うみたいだから、ナルくんはよくよく警戒すること。君はびっくりするほどよわよわの陰陽師なんだからね』

「うるせーほっとけ！」

俺は早口で言って、一方的に通話を切る。

まったく……明日はひとりで蛸薬師の占い師に会うというのに、どうして脅かすんだ。悪趣味な鬼姉め。

でも、ここまで匂わせておいて件の占い師がまったくの無関係だったら俺、バカみたいだな。

俺はスマホをポケットに仕舞うとため息をつき、エレベーターに乗って寝床に向かった。

次の日――

すがすがしいほど心地良い晴れ。本来なら、ルポライターとしてウキウキと京都散策に繰り出したいところだ。昨日の寒さはなんだったんだというくらい、ぽかぽか陽気である。

カプセルホテルを出て、澄み渡る青空を眺めながら、四条河原町(しじょうかわらまち)に向かう。

蛸薬師(たこやくし)の占い師は、その名の通り、蛸薬師(たこやくし)通りに店を構えている占い師だ。

東は木屋町から西は西院(にしいん)付近まで続いている蛸薬師(たこやくし)通り。京都市内を網羅する『碁盤の目』と呼ばれる通りのひとつである。

そして占い師の店は、木屋町に近い場所にあった。俺は店の前までたどり着くと、ごくりと生唾を呑み込む。

実は、昨日の晩に予約は済ませてある。

いや、本当は予約なんて取れるわけねーだろってタカをくっていた。鴨や氷鬼は『取れる』と言っていたが、正直言うと半信半疑だったのだ。

なのに……あっさり予約が取れてしまった。

逆に怖い。恐怖の底が知れない。大丈夫だろうか……店に入った途端、取って食われないだろうか。

俺がびびっていると、背中にわしっと氷鬼がくっついた。

「警戒されると困るからオレはここで待ってるけど。大丈夫だぞ。食われそうになったら一瞬で駆けつけてやるからナ」

「うう。今はその言葉が何よりも心強いよ」

はあ、とため息をつく。

鴨は午後から俺と合流すると言っていたので、今は俺と氷鬼だけでしのがないとな。

「よし、行ってくる！」

覚悟して胸に手を当てた俺は、ずんずんと大股で占い師の店に入った。

しかし店内に足を踏み入れた途端、その内装の豪奢さに圧倒された。

「うわあ……」

きらきらとシャンデリアが輝く。ロビーは黄金色に輝いていた。

床も、天井も、全部が金。そして壁という壁に鏡が貼られている。調度品として置かれている壺もピカピカだ。はっきり言ってまぶしい。目がチカチカしてまともに開けていられない。

そんな店内をよろよろ歩き、俺はカウンター前まで移動した。ていうか、カウンターまで金色なんですけど……。ちょっと引くな、この成金センス。

チーンと呼び鈴を鳴らすと、どこからともなく声が響いた。

『本日十時よりご予約の、駒田成喜様でございますね?』

「あ、はい」

若い女性の声だ。

俺が返事をした途端、部屋の奥にあるカーテンがするすると開かれていく。

『占いはこちらで行います。どうぞ中へ』

俺は生唾を呑み込み、まばゆく輝く床を歩いて奥に進んでいく。そしてカーテンを抜けると、次の部屋は薄暗くて妙な香りがした。

なんだろう。ジャコウに似てるけど、もっと甘やかな感じだ。気を抜くと、そのにおいにうっとりしてしまいそうになる。

しかし先ほどのピカピカ部屋と違って、この部屋は落ち着いている。助かった。

もしかしたら、あの金色のロビーは風水に関係しているのかもしれない。

運気を呼び込む玄関は、金運の上がりやすい場所とも言われている。よくある例としては、金色の調度品を置いたり、ドアノブを金色のものに変えたりすると良いらしい。鏡を置くのも運気が上がると言われている。

窓らしいものが一切なかったし、あの部屋は運気を一ヶ所に集めて効果を高めているのかもしれないな。……それでもあの部屋は極端な気もするけど。

それにしてもにおいがきついな。綺麗なにおいだから決して不快ではないんだけど、酔ってしまいそうだ。

俺が鼻を押さえていると、奥からひとりの女性が現れた。

「ようこそ。あなたの人生を変える占いの館へ」

黒いレースのベールを被った女性は、口元も同じレースで覆っていて、とてもエキゾチックだった。ベリーダンサーのような恰好をしていて、アラビアンナイトの物語に出てくるお姫様みたいである。正直言って……、胸元など、大変目のやり場に困るのだが、この人が有名な蛸薬師の占い師なのだろうか？

女性はゆったりした足取りで、部屋の真ん中にある台座に座った。俺は戸惑いつつもフラフラ近づく。

「えっと、あなたが、占い師ですか？」

「ええ。巷では『蛸薬師の占い師』と呼ばれていますが、月下香と申します。今日はよろしくお願いしますね」

ニコ、と月下香が控えめな微笑みを浮かべた。

月下香って、花の名前だよな。あんまり聞いたことがないけど。

「さて、さっそく占いを始めましょうか」

「あ、その前にちょっと聞きたいんですけど」

話の腰を折るようで申し訳ないが、俺がここに来た目的は占いではない。

「昨日、樫田さんって人がこの店に来ませんでしたか？」

単刀直入に尋ねると、月下香は顎に人差し指を添えて思い出すように虚空を見つめた。

「樫田……樫田……ああ！　覚えていますよ。ずいぶんとご自分の性格に悩んでおいででしたが、私が解決の糸口を占って、お救いしてさしあげました」

にっこりと笑う。

その表情に、悪意や害意は感じられない。

「救ったっていうのは、具体的には人格変成ってやつですか？」

「ええ、そうです。よりよい人生を歩むためには、ご自分にとって理想の人格になるのが一番ですからね」

やっぱり、樫田さんはここで、月下香に占ってもらったんだ。

そして人格変成をした。

……あれ？　でも、おかしいな。

病院で会った樫田さんは、人格変成した樫田さんなのか？　そんな感じはしなかったんだけど。

「あの、俺は樫田さんの友達で、彼から月下香さんの評判を聞いて来たんですけど。どうも彼の人格が変わったようには見えなくて。彼はいったいどんな人格を望んだんですか？」

危険かなと思いつつも、一歩踏み込んで聞いてみる。すると彼女は唇を軽く引き上げて、薄く微笑んだ。

「申し訳ございません。ご友人といえども、お客様のプライベートについてはお答えできないんですよ」

「……そうですよね」

やっぱりダメか。こちらが手のうちを明かさない限り、向こうも態度は変えないだろう。とりあえず樫田の足取りは確認できたし、これ以上は踏み込まないほうが安全そうだ。

「さて、占いをはじめてもよろしいですか？」

「あ、はい。といっても、俺は人格を変えたいとは思ってないんですけどね。ここに占いに来る人はみんな人格を変えたくてやってくるんですか？」

決まり悪げに頭を掻きながら尋ねる。月下香は口元を手で押さえて「ふふ」と笑い声を立てた。

「いいえ。ここにはいろいろな方がいらっしゃいます。噂を聞いて面白がるために来る方も、私の占いを真っ向から否定するために来られる方もいらっしゃいます」

「そ、そうなんですか？」

「ええ。駒田さんも、私が行う人格変成について半信半疑でいらっしゃるのでは？」

はっきりと尋ねられて、鼻白む。

確かに、俺は彼女の人格変成をあまり信じてはいない。人の身でそんなことができるはずないからだ。催眠術で違う人格を刷り込むことならできるかもしれないが、それだと占いのカテゴリーから外れるし、完全に人格を変えたとは言えない。催眠は、暗示が解けると元通りになってしまうものなのだから。

「でもね、駒田さん。私にはできるのです。なぜなら私は占い師。人の未来や運勢をすべて見通すことができるのですから」

そう言って、月下香は台座の裏から小さな香炉を持ち上げた。

……この甘ったるいにおいは、その香炉から来るものだったのか。

ブロンズ色をしたそれは、目が奪われるほど美しい彫刻がされていた。白くて細い煙がユラユラと揺れていて、自然と注目してしまう。

「駒田さん。あなたは人格を変えたいと思っていないと仰いましたが『才能』は欲しいと思っているのではないですか？」

「……え……」

目を見開く。月下香は妖艶な笑みを浮かべ、弧を描いた赤い口紅が薄暗い照明に反射して艶やかに光った。

「ふふ、私の望みは、あまねく人を幸せにすること。理想の人格を与えるのも、その方が幸せになれるからなのです。あなたに必要なものが人格の他にあるなら、私は喜んでそれを差し上げましょう」

月下香は、香炉に向かってフゥと息を吹く。

甘い香りを含んだ煙がこちらに向かってきて、俺の視界にモヤがかかった。

「私は、あなたを幸せにするための準備を、すべて揃えている――」

ふわふわ、ゆらゆら。

ジャコウに似た芳香が俺の意識を揺るがす。強い眠気とともに、うっとりした酩酊感を覚えて、倒れそうになった。

「駒田成喜。東京に住まう、小さな出版社の専属ライター。実家は代々陰陽師で、父親は政界でも一目置かれた腕利きの術士。姉は……なるほど。あの『星辰の卜者』なのね」

くすくすという笑い声とともに、彼女の口から俺のことが暴かれていく。

しくじった。やっぱりこのにおいには呪術的な要素があるんだ。月下香が俺の個人的な情報を掴んだのも、その効果によるものだろう。

「あら、心のガードが強くなったわね。けれども無駄よ。あなた程度の力では、私の『目』を拒むことはできない――」

においが、いっそう強くなる。

むせかえるような芳香に吐き気がした。

「あなたは将来、ジャーナリストになりたいと思っているのね。その理由は……そう、あなたが中学生の時に、お父様が変死した事件を解き明かしたいから。才能がないとわかっていても、陰陽師という家業から逃げないのは、変死事件に『怪異』が関係しているから」

ぎゅ、と拳を握った。

誰にも言ったことのない心の中を、彼女の口が赤裸々に暴いていく。土足で踏み荒らしていく。

「事件は謎のまま進展せず、ジャーナリストになる夢も叶えられない。つまらないルポを書く退屈な日々にウンザリしている。自分が弱いとわかっているのに、無茶な怪異を押しつけてくる姉にも困り果てている」

つらつらと、俺の内情を言葉に出して、月下香は俺の胸にそっと触れた。

「大丈夫ですよ、安心なさって。まず、あなたには腕のいい陰陽師を見繕ってあげま――」

　そう言った瞬間、カッと目の前が光った。

「ギャッ、ギャアア！」

　身の毛もよだつ叫び声が部屋に響く。月下香は慌てたように俺から距離を取ると、己の手を見つめた。

　ぶすぶすと音を立てて、煙が立ち上る。焼けた肉のにおい――月下香の右手は、火傷を負ったように黒く焼き焦げて、醜くただれていた。

　俺は大きく息を吐くと、スプリングコートの前を開いてみせた。

「霊符か……っ！」

　右手を左手で押さえながら、月下香がギラギラした目で俺を睨む。

　彼女が言ったとおり、俺の胸には霊符がべったりと貼り付けてあった。これは自前の霊符だ。あらゆる魔から身を守る効果がある。

「ふぅ……。この霊符の難点は、俺の身体に害意を持って触れてこないと発動しないことなんだよな」

　くらくらしていた感覚も、霊符の力で浄化されて意識がハッキリしてくる。

効力は抜群なんだけど、発動条件が限定的なので、あまり便利とは言えない。勿論ないよりもあるほうがいいのだが、本当ならここまでピンチになる前に自分の身を守りたいところだ。一応、バトル系陰陽師の端くれとして。

「貴様、最弱陰陽師のくせに、生意気なまねを……っ！」

先ほどまでの妖艶さはどこへやら。今の月下香は歯を剥き出しにして怒りを露わにしている。

――やっぱり、ビンゴだったか。あと最弱陰陽師は余計だ。

「人格変成についてずっと考えていたんだ。一介の占い師にそんなことができるのかって。でも、違う。お前は暗示で性格を変えていたわけでも、奇跡のような業を使ったわけでもない」

俺はビシッと月下香を指さす。

「お前は、この店に来る人間に亡者を降霊し、身体に憑依させていたんだ！」

本当に、ことは単純な話だった。そりゃ亡霊が身体を乗っ取れば、性格が変わるに決まっている。だって完全な別人なんだから。

「もちろん、人間にそんなまねはできない。できるのは……」

キッと月下香を睨み付ける。

「鬼くらいなものだ。そうだろ。お前の正体は鬼女だ！」

俺がそう言い放った瞬間、足元がふわっと光る。いや、俺の足元になにかがいて、それが光ったのだ。

「折り紙？」

どう見ても、青色の折り紙で作られた犬のようなもの。

これ、もしかして形代か？　鴨がこっそり俺のコートに忍ばせていたのだろうか。

その光はまばゆく、目を開けていられない。

俺は両腕で目を隠しつつ、後ろ足で後退する。

すると、地獄の底から這い出たような低い女の声が、部屋中に響いた。

「貴様……ワラワの正体を明かしたからには、生きて帰れると、思うなよ」

恨みがましい言葉。光が収まって、俺はようやく目を開ける。

そこには、もう、エキゾチックな装いが似合う美女はいなかった。

天井にぶつかりそうなほど巨大化したそれは、額からツノを生やし、尖った牙を光らせて、だらしなく涎を垂らす。衣装は無残にも破かれて、黒い髪は床まで伸び、剣かと思うほど鋭く長い爪が俺に向けられていた。

怖気が立つほど醜悪な相貌をした女の姿。――これが、鬼女。月下香の正体。

なるほど。どういう発動条件だったかはわからないが、鴨の形代が人間に擬態していた月下香のまじないを解除したんだ。

「ふふ……。腹が減っていたからちょうどいいわ。その魂、生きたまま引きずり出して食ってやろう」

鬼女は俺を見下ろして、蛇のような目を細める。口から赤くて細長い舌がでろりと伸び、涎を垂らして笑った。

俺の首めがけて、鬼女が爪を繰り出す。

しかし――

キン、と澄んだ金属音がして、その爪が斬られた。

「悪いな。この魂はオレの先約だ」

爪はクルクルと宙を回って、部屋の床にぐさりと刺さる。

「お、オマエ……は……っ⁉」

「氷鬼！」

俺の前に現れたのは、着物姿の少年。悪鬼であり俺の唯一の式神でもある氷鬼だ。

「ふふん、今のかっこよかっただろ～。ずっと登場のタイミングを窺ってたんだゾ」

「窺うなよ！　普通に助けろよ！」

「普通だと、オレが目立てないじゃないカ」

「誰に対して目立ちたいんだよ！」

ぎゃーぎゃーと怒鳴り合っていると、月下香が憤怒の表情を浮かべて氷鬼を睨む。

「オマエ……オマエ……鬼のくせに、人間の味方をしているのか！」

「人間の味方じゃないぞ。今のところナルキの味方をしてるだけダ」

「どっちでも同じことだ！」

月下香の身体がいっそう大きくなる。みしみし、めしめし、彼女の巨大化に耐えられず、天井が、壁が、きしみを上げた。

それでも彼女はどんどん大きくなって、身体は前のめりになり、四つん這いのような恰好になって、窮屈そうにしながらも腕を伸ばす。

「許サヌ、許サヌ、許サヌ！」

もはや女か男かもわからないような声で叫び、その大きな手で俺たちを掴もうとした。

「ちなみに、ここで戦うのはヤバイぞナルキ。ここは完全に鬼女の領域だ。この店の中でなら、彼女はいくらでも力を発揮できキル」

「げっ、そういうことは早く言えっつうの」

俺は懐から霊符を二枚を取り出し、月下香に向かって投げる。

「ギャアアッ！」

霊符を払おうとした彼女の手に、バリバリッと大きな音が鳴り、雷のような光が走る。

俺に危害を加えようとしたから、守りの霊符が発動したのだ。

実際は、音が派手で光るだけの効果で、ダメージ的にはゼロである。言わば閃光弾。完全な目くらまし用だ。

俺はその瞬間に九字を切る。鴨の九字は有名な晴明桔梗印。いわゆる『五芒星』だった。俺は四縦五横呪といって、格子状の形をしている。

「急急如律令、急急如律令。この身、この心、鋼の如く守り給え」

まじないを口にしつつ、もう一枚、ふところから霊符を取り出し、指で引いた格子に向かって掲げる。

すると、俺の身体が青白く光った。

俺の虎の子、防御結界である。鬼や怨霊と戦うのに、俺はこの手の防御術しか使えないのだ。

しかし弱音は吐いていられない。

月下香がまぶしさから目を守りながら、手当たり次第に暴れ回る。

美しい調度品は壊れ、照明器具が落ち、窓ガラスが割れて、月下香の巨大な腕が俺たちの足元を薙(な)ぎ払った。

少し触れただけでどこかしら骨折してしまいそうな、暴力そのものの腕。

しかし俺には傷ひとつつかない。防御だけは自信があるのだ！　他はなんもないけど！

俺はしっかり氷鬼を小脇に抱えると、ぐるっと回れ右をした。

「よし、ずらかるぞっ！」

「お〜！」

氷鬼は楽しそうである。俺は死にそうなくらい必死なのに。防御結界はずっと守ってくれるものじゃない。さっさと月下香の領域から逃げなければならん。

薄暗い部屋を出て、金ぴかのロビーを走る。

「逃がさぬっ！」

後ろからガシャンだのドカンだの派手な破壊音を鳴らして、月下香が追いかけてくる。

だが、巨大化が仇(あだ)となったのか、スピードは出せないようだ。

彼女は髪を振り乱しながら、躍起(やっき)になって俺に腕を伸ばした。

バリバリリッ！

「ギャアッ！」

防御結界が反応して、雷光が走った。……うん、しつこいようだけど、ダメージはゼロですよ。相手がびっくりするだけである。

「オノレ……弱いくせに、防御術だけは逸物などと、ふざけたやつめ！」

「よく言われる。じゃあな！」

俺はそう言って、店を飛び出した。

その瞬間、甘ったるいあのにおいから解放されて、身体が心なしか軽くなる。

「絶対……逃さぬ……」

しかし後ろから恨みがましい声が聞こえて、ぎょっとして振り返った。

すると、店の入り口――。ワインレッドのカーテンの隙間から、蛇のような目がぎょろりと俺を見つめていた。

「オマエは当然だが、あの男も許さぬ。私の邪魔をするものは、すべて……食い尽くしてやる！」

怨念を固めたような声で言い捨てるなり、カーテンがしゃっと閉じられた。

さすがに月下香も、あの姿で外に出る気はないのだろう。今日のところは見逃してくれたようだ。よかった。

まあ、問題は山積みなんだけど。

「はぁ……鬼が出るか蛇が出るか、と思いながら入ったら、本当に鬼が出てくるなんて」

しかも目は蛇っぽかったから、鬼と蛇が両方出てきたような感覚さえある。

「本当は、様子見のつもりだったんだけど、正体発覚までしちゃったなあ」

勢いのまま、月下香が鬼女だと暴いてしまったけれど……まさかそれだけで、月下香があんな姿になるとは思わなかった。

最初は、鬼と認めたら万々歳くらいに思っていた。いきなり鴨の形代が現れて人間の擬態を解除してしまうなんて、想像もしていなかった。

てか、鴨の野郎。あんなぶっそうな形代をこっそり忍ばせておくな！

「さて、どうするのだナルキ。カモと合流するまで暇つぶしするにしても、この場所はよくないぞ。外に出たとはいえ、ここはまだ月下香の領域ダ」

「う、そうだな。とりあえず木屋町のほうに移動しようぜ」

俺は氷鬼を連れて、そそくさと寺町通りに入っていった。

鴨と合流できたのは、午後一時を少し過ぎたころ。

木屋町にある長浜ラーメンの店でラーメンをずるずる啜っていたところに、いつものスーツにハーフコートを着た鴨がやってきた。

「おう。先に頂いてます」

箸を持った手を上げると、鴨は胡乱な目つきで俺を見たあと「……おう」と返事する。

「今日、仕事はどうしたんだ」

「午後は有給にした。一課は忙しいけど、弐課はそうでもないしな」

窓際部署ならではの気楽さは利点なのかもしれない。よく考えると切ないけど。

「そっか。お疲れさま」

「ああ。俺もラーメン食お」

鴨は俺の向かい側に座って、店員にラーメンを注文する。

俺は追加でもう一玉頼み、水をぐいっと飲んだ。

「駒田も大変だったようやな。形代が発動したみたいやし」

「あっ、それだよそれ！　なんだよあの形代！　そういうモノを勝手につけるな！」

ゆでたてのラーメン玉を入れて、箸でほぐしながら文句をつける。

「悪かった。あれはそもそも病院で駒田のコートを受け取った時に、氷鬼対策用として
ポケットに入れとったやつやねん。ちょうどええわと思って、そのまま流用したんやわ」

「えっ、アレ、氷鬼対策用だったのか？」

ズルッと麺を啜って、びっくりする。

「むしろ、蛸薬師の占い師が鬼やとは思ってへんかった。てっきり、アレの正体はたちの悪い霊媒師やろうなって思うてたし」

「霊媒師？　ああ、そうか。そういう可能性もあったよな」

人間にも『霊』を扱える者がいる。それが霊媒師。口寄せ師とも呼ばれる人だ。陰陽師は才能での優劣はあるが、ある程度は知識で補える。基本的に陰陽道は学問だからだ。でも霊媒師は、その人間の遺伝的資質に依るところが大きい。元々霊媒体質な家系であることが何より大事なのだ。だから数はすごく少ないし、場所によっては重宝される。そして時々、突発的な遺伝変異によって、たまたま霊媒体質の人間が生まれることもある。

そういう人間が自分の能力に気づいて、悪用する――

レアケースだけど、その可能性はゼロじゃない。今回は鬼の仕業だったけど。

「で、なんで氷鬼対策なんてしたんだよ」

「なんの制約も枷もない鬼が街を悠々闊歩しとるんやで。せめて保険はかけておきたいと思うのが人情やろ」

「う……まあ、そう、か」

俺は氷鬼を信用してるけど、鴨にとって氷鬼は悪鬼以外の何物でもないんだよな。

「駒田も陰陽師の端くれなら、防御霊符の一枚や二枚、身体のどっかに貼ってるやろと思うて、その手の術が発動したら自動展開する式神を入れといたんや」

「なるほド。霊符発動をトリガーにしたオート式神カ。なかなか目のつけどころがいいナ！」

俺の頭の上に乗っかっていた氷鬼が楽しそうに言う。

「お前が褒めるなよ……」

焼豚を口に放り込みつつ、俺はげんなりと言う。どこか釈然としないながら、ラーメンをズッと啜った。

「ここのラーメン、久しぶりやな」

鴨は、テーブルに置かれた熱々のラーメンをしばし見つめた。そして箸を取ってずるずると食べ始める。

「そうなのか？」

せっかく美味しいんだから、もっと通えばいいのに。俺なら間違いなく通う味だ。

「まあ、普段はここまで行かへんからな」

「そういえば、鴨は京都のどのあたりに住んでいるんだ？」

「下京区（しもぎょうく）。京都駅の近くや。梅小路（うめこうじ）ってところにあるアパートやな。まあ、このへんに比べたら普通の街やで。鉄道の博物館に歩いて行けるところは便利かな」

スープを飲みながら教えてくれる。

鉄道の博物館は、俺も取材しておこうと思ったスポットだ。昔の電車を展示していたり、車内食堂を模したレストランがあったりして、わりと楽しめるところらしい。

鴨が替え玉を注文して、スープまで綺麗に平らげたあと、俺たちは店を出てのんびりと木屋町の通りを散策した。

「……実は、形代(かたしろ)には録音機能もつけていたんや」

高瀬川のほとりを歩きながら、ぽつりと鴨が言う。

「それは、やっぱり保険のためにか？」

「そう。まあ……今は余計な機能やったと思ってる」

石畳の歩道。高瀬川に沿って並ぶ柳が、春の風にゆれてさやさやと音を鳴らす。

「その録音で、駒田の過去を全部聞いてしまった。……すまん」

鴨がぺこっと頭を下げる。横を歩いていた俺は、唖然(あぜん)とする。

「鴨が謝ってる」

「喧嘩売っとんのか」

「い、いや〜。そんなことで謝られるとは思わなかったんだ。でも鴨って、本当は結構誠実な性格してるよな。俺はちょっと鴨のこと誤解してたかもしれない」

ぽりぽりと頬を掻く。偉そうだったり容赦なかったり、冷徹なところがある鴨。特に初対面の印象は最悪だった。しかし鴨は昨日の夜、態度が悪かったことを謝ってくれたのだ。そして今回も、月下香と俺の会話を聴いてしまったことで頭を下げてくれた。

なんというか……こいつは、そうだ。根が真面目なんだ。それもドがつく程。

そして不器用だ。圧倒的に言葉が足りないし、あと愛想も足りない。生真面目で不器用、なるほど。

「鴨って、人生歩むのヘタクソだなって言われるタイプだろ」

「ほんまに喧嘩売っとんのか？　買うで？」

「ああいや、売ってない。売ってないです」

はははと笑ってごまかす。

「いや――でも、確かに不器用には違いないけど、一応鴨なりに俺のことを心配して式神を忍ばせてくれていたんだよな。ありがと」

礼を口にすると、鴨は驚いた顔をしたあと、困ったようにソッポを向き、ぽりぽりと頭を掻いた。もしかしたら照れているのかもしれない。

「まったく。悪かったなあと思って素直に謝ったら、逆に礼を言われるとか、調子狂うわ。悩んだ俺がアホみたいやで」

ブツブツ文句を言う。

そんな鴨を見て、俺はようやく、彼が本当は何に対して謝っているのか気づいた。

そうか。月下香が暴いた俺の過去——父親の変死なんていう普通は隠しておきたいだろう過去を知ってしまったことに、罪悪感を覚えているんだ。

「あー、いや、その、な」

ううむ。どう表現したらいいんだ、今の感情を。

別に昔の話だからいいんだけど、かつての俺の青い感情も思い出すから知られるとちょっと恥ずかしいというか。ああいや、知られること自体は別に構わないんだけど、決まりが悪いというか。

「我ながらみっともない話だと思うんだけど、ぽんこつなりに、家業に拘（こだわ）ってるのは理由があるっていうか。確証も証拠もないんだけど、父が陰陽師だったっていうのが、唯一の手がかりのような気がしてるんだよな〜」

幼少のころ、あまりに才能がなかった俺を父は見限り、息子を陰陽師として育てることを諦めた。

親に落胆されて、俺の自尊心はズタズタに傷ついた。父と母に無視されてからは家族の中でどんどん孤立していった。

　父が変死したのは、中学の頃。姉と一緒に家を出たあとだった。

「気になるから聞いてしまうけど、お父さんの変死事件って、どういうものやったんや？　新聞には載ってへんかった気がするんやけど」

「事故として処理されたからな。あまりに不可解だったから、『事故でそうなった』としか警察も判断できなかったんだ」

　目を瞑ると、すぐにでもあの情景を思い出す。

　中学の頃、俺は姉に誘われ、小さなアパートで暮らしていた。

　なんというか、初めてマトモに呼吸ができたような……そんな気持ちだった。

　本当は二度と帰るつもりはなかった。でも、当時の俺は義務教育の途中だったのだ。完全に親と連絡を絶つことはできなかった。

　無視されるとわかっていても、学校から大事な手紙を渡されたら、届けるしかない。

　会話はなかったけど、親としての義務感は持っていたのか、学費だけは払ってくれていた。……まあ、実際にお金を振り込んでいたのは、間違いなく母だろうけど。

　あの人はいつも、俺を可哀想な目で見ていたな。実際同情はしていたんだろう。我が子としてそれなりの愛情も持っていたんだろう。

　でも母は、父の味方だった。父が指示したことを頑なに守った。俺にメシを与えるなと言われたら食事を出さなかったし、俺と会話するなと言われたら口を閉ざした。

絶対的な上下関係を感じていた。母は神社の後継者だったから、ボロ神社を綺麗に修繕して、陰陽師の仕事をする傍ら神主の仕事もしてくれる父に感謝していたのだろう。

でも、子供からしたら……そんな母の姿は、まるで奴隷だった。

中学二年の秋。夜の十一時頃。俺はそっと実家に忍び込んだ。どうしても渡さなければならない学校の手紙が溜まっていたのだ。

もちろん会話するつもりはない。玄関にでも置いておこうと思ったのだ。

――鍵を開けて家に入ると、やけに静かだったのを覚えている。

母の気配はしたけれど、なぜか父の気配がなかった。

もしかしたら、また『依頼』を受けて、怨霊退治にでも行っているのかもしれない。

ご苦労なことだな、と皮肉げに思った瞬間、嫌なにおいがした。

生々しい臓物臭さ。――怪異のにおい。

俺は慌てて廊下を走り、父と母の寝室に飛び込んだ。

すると――布団の上で死んでいる父と、その近くで血まみれになっている母がいた。

慌てた俺が最初に連絡したのは、警察ではなく、姉。

彼女は電話口で警察と救急車を呼ぶようにと命令したあと、風の如き速さで駆けつけてくれた。

母はショックで気が動転し、警察が何を聞いても震えるばかりで答えられない。

結局、俺と姉が対応することになった。

端的に言うと、父の身体は、裂けていた。

それも外側からじゃなく、内側から。

俺も当時は相当頭がおかしくなってたんだろうけど、父の遺体を見て最初に思い出したのは、とあるＳＦ映画のワンシーンだった。エイリアンの卵が人間の腹の中で成長していて、やがてその人間の腹を引き裂いて這い出てくるという怖いシーン。

でも、実際にそうだったのでは？　と思うような状態であり、警察は頭を悩ませた。

凶器はない。自分で裂いたという形跡もない。

神社付近の足跡を調べたが、家族以外の足跡は見つからなかった。

野犬の仕業ではないかという意見も出たが、動物の痕跡も見当たらなかった。

そもそも身体の内側から裂けたのだ。外的要素は関係ない。

そのうち『透明人間が殺したのでは？』という突飛な発想が出てきて、どこからか父の事件を知った週刊誌が面白おかしく書いていたっけ。

「――状況から見て、自殺としか思えない。でも、あまりに死に方が異常なので他殺が濃厚だ。なのに、それらしい痕跡が一切見当たらない。――という感じで、結局警察は事故という判断を下したんだ。手がかりもまったくなかったしな」

「事故でそんな死に方をするわけないやろ。怪異のにおいがしていたなら尚更や。駒田も納得できひんかったんやないか？」

「もちろんできるはずない。……でも、『普通の人』はそれが限界なんだ。怪異がないのがあの人達の『普通』だからな」

怨霊や鬼が起こす怪異。常夜の世界に旅立てない亡者たちの慟哭。

そんなのが実際に『ある』と聞いて、どれほどの人が信じるだろう？

俺だって、陰陽師の家系に生まれなければ信じなかった。

半端ものでも、霊が視える程度には霊力があったから、信じたのだ。

「母は、まもなく死んだ。いわゆる後追い自殺ってやつだ。すげーあっけなかったよ」

「駒田……」

鴨がなんとも言えない顔をする。心の中で『意外とこいつ、甘いところがあるんだなあ』と思いつつ、笑って手を振る。

「もう十年も前の話だし、いい加減吹っ切ってるよ。でも当時は大変でさ。うちの神社は父の稼ぎでなんとか経営できていたようなものだし、姉の稼ぎは自分の食い扶持と俺の養育費で持っていかれて、結局……神社は手放したんだ」

父は陰陽師として、そこそこ名が知られていた。

政府御用達……と言うと、大げさかな？　でも政財界からの依頼は多かったので、報酬もよかった。

人や金が集まる場所は、よくないものも集まりやすい。

総じて都会——とりわけ東京は、怨霊や鬼にとって好ましい場だ。

父は、会合する会場のお祓いや、時に怨霊を退治して、それなりに頼りにされていたらしい。でも父と母が亡くなって、残ったのは俺と姉。そして父の正統な後継者であるはずの俺は、弱い怨霊すら退治できない名ばかりの陰陽師。姉はそれなりに有名な占い師だけど、祓い手としての腕はない。

俺たちはすぐに見向きもされなくなった。

本当はその時、陰陽師って家業をすっぱりやめようかと思った。

父に隠れて密かにやってた独学もなにもかも忘れて、ぜんぶ諦めて、普通の人と同じように生きようと考えた。

でも、できなかった。

姉に言われた言葉もある。俺は、俺として生まれた意味があるんだと思いたかった。

そして、どんなに父を憎んでいたとしても、彼は俺の父親だったのだ。

「父の変死には必ず怪異が関係している。鬼か怨霊か、別の何かか。それはわからないけど、陰陽師をしていればその事件は追えると思ったんだ。逆に、陰陽師であることを諦めたらすべてが終わる。……だから俺は、こんなでも陰陽師の仕事にすがりついているんだよ」

姉が『修行』と称して俺を怪異の坩堝(るつぼ)に放り込むのも、姉なりに、俺を鍛えて立派な陰陽師にしたいと思っているからだ。だが、あれは完全な無茶ぶりであり、下手すると死の危険すらあるので、もう少し加減を知ってほしい。

「せめてもう少し退魔の術が使えたらいいんだけどなあ。どんなに力を込めてもだめなんだ。霊符一枚作れない」

「それやと、今までの怨霊退治はすべて氷鬼に任せてたんか？」

鴨が俺に尋ねた途端、俺の肩にふわりと氷鬼が乗る。

「いいや、オレは一度も退治したことないぞ。オレの役割はいつも、このヨワヨワナルキを守ることばかりだったしナ」

「弱々って言うな」

俺がじろりと睨むと、氷鬼はニヤニヤと笑う。

「……どういうことや？　話の流れで行くと、陰陽師の仕事は一応やっているんやろ？」

氷鬼をわずらわしそうに見つつも、鴨は再び疑問を口にした。

「あー、だから説得して、常夜の国にお還り頂いているんだよ」

決まり悪げにぽりぽりと頭を掻く。鴨は足を止めて「は？」と呆気にとられた顔をした。

「説得して還ってもらうって……まさか毎回やってたんか？」

「そうだよ。まあ、運が良かっただけなんだけどな」

たまたま、鬼や怨霊が会話できるヤツばかりだったのだ。もし、努力しても会話できないタイプだったなら遠慮なく氷鬼に頼んで退治してもらっただろう。我ながら、超、恰好悪いけど。しかしその機会は一度も来なかった。みんな話せば分かってくれたのである。

すると、氷鬼が俺の肩の上でけらけらと笑った。

「カモが呆れるのも仕方ない。オレだって当時はびっくりしたんだぞ。なんせ一週間ずーっとオレを説得したんだからな。大げさでもなんでもなく、延々だゾ」

その時のやり取りを思い出したのか。氷鬼が嫌そうな顔をして耳に小指を挿し込む。

「オレがなんで悪さしてるのかと理由を聞いたり、楽しいことがしたいなら、他のことをしてみたらどうだとか、人に迷惑かけない範囲なら手伝うぞとか、もう煩いのなんの。

何度魂を食ってやろうと思ったか。でもコイツ、防御結界だけは一級品なんだよなア」

ハァ〜とため息をつく。そんなに疲れた顔をするなよ。しつこかったのは悪かったけど。

「おかげでオレは、まったく手が出せない。それをいいことに、ナルキは延々しつこく説得してきて、最後には根負けしたってわけダ」

「強引な営業マンに押し売りされた客みたいな言い方するなよな〜」

「おおっ、そのたとえ、とてもわかりやすくて的確だゾ！」

「俺はそんなんじゃない。退魔の才能がない以上、俺にできることは説得しかないんだよ！」

「言語化するとまことに情けない言い分だナ〜」

「うるせえ！」

ぎゃーぎゃーと氷鬼と言い合っていると、ふと、鴨がずっと押し黙っていることに気が付いた。

「鴨、どうしたんだ？」

柳の下で立ち止まると、鴨はジッと俺の顔を見た。

「駒田は才能がないんやない。才能をうまく使ってへんだけや」

「……え？」

思ってもみない言葉に、俺は目をぱちくりさせたあと、氷鬼と顔を合わせた。

「つまり……俺には才能があるってことか？」

「カモの目が節穴なだけじゃないのカ？」

「失礼なこと言うな、鬼畜生」

鴨が憮然とした顔で氷鬼を睨む。そして少し目を伏せたあと、小さく「しゃあないな」と呟いた。

「よし、決めた。俺が駒田の師匠になったるわ」

「ええっ⁉ 嫌だ！」

「即答すんな！」

俺が拒否した瞬間、鴨の容赦ないチョップが額に落ちる。

「メンドイから弟子なんか取るつもりなかったんやけど、駒田を見て気が変わったわ。俺がお前を立派な陰陽師にしたる」

「な、なんで……？」

どうして昨日会ったばかりのヤツを弟子にしようと思うんだ。意味がわからない。あと、鴨はめっちゃスパルタで厳しそうだし、できないことを容赦なくやらせそうだし、理不尽な目に遭いそうな気がするから嫌だ。なんとなく姉と同じにおいを感じる。

鴨は軽く目を瞑ったあと、俺をまっすぐに見た。

「もどかしくなったんや。才能はあるのに使いこなせてない。その上、ピンチの時に頼れるのがそこの悪鬼しかいない。どう考えても危なすぎるやろ」

「なんでだよ。氷鬼は強いし、なんだかんだ言っても守ってくれるし、頼りになるぞ」

「あのなあ、鬼が裏切らないとどうして信じられるんや。俺にはまったく理解できんわ」

鴨が頭痛を覚えたように頭を押さえた。

俺は不安になって氷鬼を見る。

「なあ、鬼ってそんなに簡単に裏切るのか？」

「うむ、裏切るゾ！」

「即答かよ」

氷鬼は俺の肩から地面に降りると、偉そうな態度で仁王立ちした。

「というか、鬼を信頼するお前が信じられへんわ」

鴨が呆れた顔で言って、氷鬼も「うんうん」と頷く。いや、そこは肯定するなよ。

「鬼は確かに嘘はつかへん。でも、自分が言った言葉を簡単にひっくり返すで。『今まで言ったことは全部ナシな！』ってな。面倒に思ったり、そのほうが面白そうやと思ったり、そういう気まぐれで簡単に裏切る。それが鬼や」

「それこそ手のひら返しってやつだな。でも、オレに限っては大丈夫だゾ、カモ」

氷鬼が自信満々に言って、にっかりと白い歯を光らせる。

「オレは今、とても楽しみにしていることがある。その楽しみのためにナルキを守ってるんだ。ゆえに誓うぞ。コイツが死ぬまでは、絶対裏切ることはなイ」

啖呵を切った氷鬼を、鴨は胡乱げな目つきで見つめた。

「その言い方が不穏なんや。それに駒田も、まったく攻撃系の陰陽術が使えへんよりは、ちょっとくらい使えたほうがええやろ？」

「それは……その。まあ……そうだけど」

ぽりぽりと頬を掻く。

もちろん、今のままでいいとは思っていない。陰陽師のくせに防御や治療の霊符しか使えないっていうのは我ながら情けないし、術を教えてもらえるのはありがたい。

でもなあ、鴨って、人に教えられるのか……？

「なんやその疑いの目は。言っとくが、俺は弟子取ったことはないけど人に教えたことはあるで」

「えっ、そうなのか？」

「うちの親族やけどな。せやから、考えなしに言ってるわけやない。はっきり言って駒田は危なっかしすぎる。祭祀専門の陰陽師ならまだしも、これから先も怪異と関わり、父親の事件を追うつもりがあるのなら、身を守る術はもっと多く持っとくべきや」

——それは、ぐうの音も出ないほどの正論。

そして、今の俺が最も望んでいた言葉だった。

「えっと、本当にいいのか？」

「ああ。同業者としてお前を知った以上、放っておくわけにはいかん」

腕を組んで頷く鴨は、とても頼もしく見える。

悔しいな。ずるい。やっぱり鴨は恰好良い。

年上っていうのもあるけど、陰陽師として完成しているというのが羨ましくて仕方なかった。こうなりたかったって思うし、心のどこかで『どうして俺には才能がないんだろう』という汚らしい嫉妬心が顔を出している。

でも、これが現実。実力差ってやつなんだ。悔しさは甘んじて受けるしかない。

差があるのなら、少しでも縮める努力をすればいいんだ。未熟な俺でも陰陽師として一人前になれるように。

このきまじめな陰陽師は、自分ひとりでもやっていける腕を持っていながら、俺のような半端者に手を差し伸べてくれた。そのことに感謝しよう。未だに、俺の才能がなんなのかはわからないけど。

「わかった。世話になるよ」

高瀬川のほとり。春の風に揺れる柳の音を聞きながら、俺は右手を差し出す。

「おう。びしばし鍛えたるからな。覚悟しとき」

鴨はニッと歯を見せて笑い、右手で俺と握手した。

そういえば、初めてちゃんと鴨の笑顔を見た気がするなあ。意外と可愛いというか、少年みたいに屈託の無い笑顔になるんだな。普段は眉間に皺(しわ)寄せてるくせに。

俺たちが道端で握手してちょっと照れくさくなっていると、その握手の上にストンと氷鬼が乗ってきた。

「カモの指導を受けて強くなるナルキかあ。まったく想像がつかないナ」

「余計なこと言うな」

ひょいと氷鬼の首根っこを掴んで言うと、彼はひらりと宙返りして柳の木の上に立つ。

「ふふ、オレは高見の見物と行こう。オレを退治できるくらい強くなったら、ナルキを一人前と認めてやってもいいゾ」

「言ったな？　あとになって後悔しても知らないからな！」

俺がびしっと指さして言うと、氷鬼は俺を見下ろしてケラケラ笑った。

ひょんな提案から俺と鴨は師弟関係になったが、さっそく修行――というわけにはいかない。俺にはライターの仕事があるし、何よりも樫田が心配だ。そして鬼女だった月下香も放っておけない。

今一番にすべきことは、陰陽師としてあの鬼女を祓うことだろう。

しかし、鴨は悔しそうな顔をして苦々しく言う。

「業腹やけど、現状であの鬼は退治できん。情報が足りなすぎるわ」

木屋町の高瀬川に面したメインストリート。ちょうどいいところにベンチがあったので、休憩がてらに座る。柳のしゃらしゃらした音が耳に心地いい。

「鬼を退治するのに情報がいるのか？」

「当然やろ。なにごとも、まずは敵を知れ、や。それから、月下香を外におびき出す方法も考えなあかん」

そういえば、あの店は月下香の領域なんだっけ。陰陽術も効きにくいから、月下香をできるだけあの館から引き離さないといけない。

「情報か。情報はないけど、疑問はあるな」

どこからか、風に乗っていいにおいが届いてくる。甘い、桜餅のようなにおいだ。今日は天気のよいお花見日和だから、どこかで出店を開いているのかもしれない。

「疑問？」

隣に座った鴨が尋ねた。

「月下香の行動だよ。なんか、鬼らしくない感じがするんだよな。俺は鬼っていうと氷鬼くらいしかまともに知らないけど、鬼って、もっと直接的に悪さするものだと思ってたからさ」

氷鬼の悪行を思い出す。こいつは関東のとある山に棲んでいて、山全体を災いで覆っていた。具体的に言うと、山に入った人間を遭難させたり、瘴気で精気を削って衰弱させたり。他にも、突然猛吹雪を起こしたり、大量の虫に人間を追いかけさせたりしていた。嫌がらせのレベルが低い……とは正直ちょっと思ったけど、あれは氷鬼にしてみれば、人間をおもちゃにしてからかっていたのだ。

月下香がやっていることも、ある意味人間をおもちゃにした遊びなんだろうけど、なんだかちょっと、氷鬼とは違う気がする。

「単なる遊び目的だったとしたら、わざわざ生きた人間に亡霊を憑依させることの、どこに面白さがあるんだろう」

「鬼に動機を問うほど愚かなことはないで。人間には理解不能なことを平気でやるんが鬼やからな。……とはいえ」

　鴨の眉間に皺（しわ）が寄り、難しそうな顔で腕を組む。

「確かに駒田が言うように妙ではある。ほとんどの鬼は、あんな感じやない」

「どんな感じなんだ？」

「うまく言えんけど……少なくとも、人に紛れて街中で占い屋をするような鬼は見たことないわ」

　すると氷鬼が興味を持ったのか「うんうン」と同意した。

「鬼は、鬼であることに矜持（きょうじ）を持っていル。人間のフリをするなんて、たとえ『遊び』でも、できればやりたくないネ」

「それで言うなら、氷鬼も、飯食うときに人間に化けるのはイヤなのか？」

「最初は抵抗があったゾ。でも、テレビで変身する戦隊モノを見て『こういうのもアリだな』と思ってからは、まったく抵抗がなくなったナ」

「あっそう……」

　やはりテレビは悪である。テレビの影響を受けてしまったおかげで、氷鬼はひょいひょい人間に変化し、俺の食費をゴリゴリ削っていくのだ。

「もしかしたら月下香は、純粋な鬼やないのかもしれへん」

ふと思いついたというように、鴨が言った。

「ああ、それなら説明がつク。『混じりもの』だから、人のフリをせざるを得ないってことだナ」

氷鬼は腕を組んで納得したように頷いている。話についていけなかった俺は、慌てて
「えっと」とふたりの会話に入った。

「つ、つまり、月下香は、鬼であると同時に人でもあるってことか？」

「ちょっと違うな。たまにあるケースやけど、人間に鬼の魂が取り憑くことがあるんや」

「えっ……」

俺は目を丸くして、鴨を見つめる。

「この国には、鬼の魂を封じ込めた塚がいくつかある。大体は、山の奥地や古い神社の奥とかに隠してあるんやけど、時々、その塚を見つけて壊す人間がいるんや」

「な、なんでわざわざそんなことをするんだよ」

「さあ？　怖いもの見たさの好奇心かもしれへんし、神頼みのつもりかもしれへん。山にある沢でバーベキューしてて、酔っぱらったオッサンがふざけて壊した、なんて話もあったたな」

なるほど……理由はいろいろあるけど、塚を壊したがる人間は、確かにいるというこ

とだ。

「じゃあ、あの月下香は人間に憑依した鬼だから、鬼らしくない行動をしてるってことか？」

「まだ断言はできひんけど、あいつが占い屋なんか開いて、人間に亡霊の魂を憑依させている行動の理由に、それが関係しているかもしれへんって可能性の話やな」

「ふうん」

「まあ、今の段階では『かもしれへん』って予測しかできひん。そういう意味でも情報はもっと欲しいところや」

確かに鴨の言う通りである。鴨は再び高瀬川のほとりを歩き始めた。

俺は腕を組んで考えつつ、歩を進める。

まだ確証はない。情報を集めないといけない。でも――

もし、鬼が人間の身体に憑依したとしたら。

……憑依された人間の魂は、どうなっているんだろう？

さらりと、高瀬川で冷やされた風が頬を撫でる。古そうな店、新しそうな店、木屋町の通りに並ぶ様々な店舗を眺めながら、俺は「そうだ」と、『彼』の存在を思い出した。

「樫田さんのことも考えないといけないよな」

「ああ。病院に行っとこか。あれから樫田の身体と魂がどうなっているのか確認する必要があるし、もしかしたらまた新しい記憶を思い出してるかもしれへん。トウヤからも話を聞く必要があるな」

どこからともなく、花の香りが漂ってきた。近くに桜が咲いているのかな？

「そういえばさ、鴨」

「ん？」

「鴨は俺の師匠になったわけだろ」

「そうやな」

気のない様子で相づちを打つ鴨を見つつ、俺は先ほどから気になってたことを聞いた。

「俺さ、鴨のこと『お師匠様』って呼ばなきゃいけないのか？」

その瞬間、ゴチンと音がする。

鴨が柳に頭をぶつけたのだ。

「なんやその気色悪い呼び方。絶対やめてくれ」

「あっ、嫌なんだ。よかった。いや俺も嫌だな～と思ってたんだけど一応師匠なんだし、落語や漫才でも師弟関係になると師匠って呼ぶだろ」

「陰陽道と芸能の世界とでは事情が違うやろ！」

鴨が疲れたように額を押さえながら言う。

「カモ師匠〜カモ師匠〜」

ここぞとばかりに氷鬼が鴨の周りを飛び跳ねる。

「ええい俺をからかうな、鬼畜生め！」

鴨が怒ったように氷鬼を捕まえようとするが、ひょいひょいと避ける氷鬼。仕舞いには空中に浮かんで胡座(あぐら)を組み、けらけら笑った。

「ふむふむ。カモはこうやって遊べばいいんだな。楽しくなってきたゾ」

「よし、今すぐ祓(はら)ったるわ」

「わーっ、霊符を取り出さないでくれ。こんな往来の場で戦うとかありえないし！」

今や陰陽師は隠すべき職業なのだ。怨霊も鬼も、現実世界の裏側で起きる怪異。おおっぴらにしたらパニックどころではない。世界の均衡が取れなくなるくらいの衝撃が起きるだろう。それくらい、今の世に住む人々っていうのは、怪異の存在を信じていないのだ。

まあ、それは言い過ぎかもしれないが、間違いなく、俺たちは頭のおかしいオカルトマニアと思われる。それだけは避けたい。俺が無難な人生を送るために。

「そうだ。聞きそびれていたんだけど、鴨のことも教えてくれよ。京都出身の陰陽師ってことだから、相当血統のいい家で生まれたんだろうけどさ」

これも気になっていた事だ。やっぱり、師匠がどういうヤツなのかくらいは知っておきたい。

しばらく氷鬼を睨んでいた鴨は「そうやな」と頷いた。

「たいした話はないけど、まぁ説明くらいはしとこか」

ゆっくりした足取りで歩きながら、鴨は自分の家系について話し始める。

——賀茂家。

陰陽道を少しでもかじったことがある人なら誰もが知っている有名な家系だ。鴨はその末裔（まつえい）らしい。

「まあ、末裔（まつえい）と言っても直系やないし、多分分家の分家の、さらに分家くらいの家系やから、本家からしたら他人もいいところやで。やけどプライドだけは高くて、賀茂の血筋に執着して、その名に見合った強い陰陽師を作り出すことに固執している、腐った家や」

鴨はどうやら、自分の家が好きじゃないらしい。

俺と同じだな。変なところで共通点を見つけちまった。

「えっと……賀茂家は、土御門家と並ぶ陰陽道の宗家なんだよな、確か」

俺が質問すると、鴨は「ああ」と頷いた。

「安倍家が室町時代に土御門と名を変えたから、どちらかといえば主流はそっちかもしれへん。積極的に陰陽道を頒布したんも土御門家のほうやし。賀茂家は歴史こそ長いが、知名度という点においては土御門家に一歩譲ったところがある」

言われてみれば、そうかも。

賀茂家といえば、安倍晴明の類いまれな才能を見いだし、彼に術を教えたと言われている、いわば安倍晴明の師匠にあたる先祖がいるらしい。

それから、そもそも陰陽道の教えを日本に持ち込んだのが賀茂家だとも伝えられている。

つまり、それくらいの古い家系ってことだ。江戸時代から陰陽道を学んだ我らが駒田家とは比べものにならないほどの、陰陽道の老舗なのだ。

やっぱり俺の直感は当たっていたんだなあ。めちゃくちゃサラブレッドじゃないかこのやろう。

「つくづく、鴨が警察の……しかも市民の人気取りという閑職に就いているのが不思議でならないな」

「ほっとけ。余計なお世話や」

鴨がムスッとした顔で悪態をつく。

「前にも聞いたけどさ。なんで家業を継がないんだ？　そんだけいい家なら、黙ってても仕事がくるだろ」

俺の父ですら、政府関係者や芸能関係者から秘密裏に依頼がきていたくらいなんだ。賀茂家の流れを汲む家系なら、陰陽道一本で一等地に御殿でも建てられるくらい稼げそうなのに。

鴨の返事はなかなか返ってこない。てくてくと、あてもなく高瀬川のほとりを歩く。

「あ……」

俺はふと、足を止めた。昨日はこのあたりを歩かなかったから気づかなかった。桜が咲いている。さっき香った花のにおいは、ここから漂っていたんだ。

高瀬川は運河だ。元々は京都の中心部と伏見に物資を運ぶために作られたらしい。完成したのは江戸時代で、丁度そのころの木屋町は華やかな花街だった。

時に美しい夜景を、そして幕末の動乱の際には、花街さえ血で染まるような惨劇を、この運河はただずっと見つめてきたのだろう。

今は――ただ、美しいと思った。

高瀬川に沿うように植えられた桜の木は、その枝の姿を川に映している。

風に揺れて花びらが舞い、さらさらと流れる川に落ちていく。

点々と桜の花びらに彩られた高瀬川は、ずっと見ていたくなるほど雅やかだった。

「……つまらん話やで。『あの家』におったら、俺は俺でなくなりそうやったから、家を出たんや」

俺につられたのか、鴨も川を流れていく桜の花びらを見つめている。

「鴨が、鴨でなくなる？」

意味がわからなくて、俺は首を傾げた。すると鴨は軽く手を横に振る。

「別に理解せんでええよ。わがままみたいなもんや。そもそも俺、ガキのころからまったく陰陽師なんかなりたくなかったしな」

「へえ、それなのにちゃんと陰陽道を修学したなんて偉いな」

思わず感心すると、鴨が苦笑いをする。

「お前……ほんまに、びっくりするくらいの善人やな」

「えっ⁉」

「今の世の中、ここまで善人なん見たことないわ。騙されて、変なツボとか買わされてへんか？」

「そ、そんなもん買うわけないだろ！」

俺が慌てて言うと、俺の頭に乗って足をぶらぶらさせていた氷鬼がすかさずツッコミを入れた。

「買わされかけたことはあるけどな。ツボじゃなくて、ヘタクソなラクガキだったけド」

「あ、あれは、世界中の可哀想な子供達への募金になるって言われたから……っ！」

待ってくれ、弁解させてくれ。違うんだ。俺は騙されやすいのではない。

だって募金になるって言われたら、多少センスのない絵でも買おうかなって気になるだろ。でも実際は募金を騙った詐欺だったのだ。氷鬼が姉に告げ口してくれたおかげで、俺は高額のラクガキを買わなくて済んだ。

「やっぱりなあ。そんだけ人がいいと、人生大変そうやな」

「鴨にだけは言われたくない。この人生不器用マンめ」

「誰が人生不器用や！」

すかさず鴨が怒鳴る。

「多少騙されやすい性格かもしれないけど、俺は善人なんかじゃないぞ」

「由緒ある家に生まれて、代々伝わる陰陽道の修練を積んでおきながら、家業を継ぐ使命を蹴って公務員になっとるヤツに、呑気に『偉いな』なんて言うやつは、なんも考えてへんアホか、アホみたいな善人か、どっちかやろ」

「どっちもアホなのかよ」

むぅ、と顔をしかめてしまう。すると氷鬼が俺の頬をつんつんついた。

「コイツはある意味陰陽師らしくない陰陽師なんダ。なんせナルキは殆ど独学で陰陽道を学んだんだからナ。どんな理由であれ、本当はなりたくなかったとしても、業を身に付けることの大変さだけは身に染みてわかってんだヨ」

鴨が思い出したように言う。

「そういえばお前は独学やったな。しかも今聞いた感じやと、親からロクな教えを受けてへんかったみたいやし。……めちゃくちゃ苦労したんちゃうか」

「まあ、それなりにな。でも結局得るものは少なかったし、俺の努力はぜんぜん役に立たなかった。だからどんな形でも陰陽師として活躍してる鴨はすごいと思うぞ」

情けないけど、それが本音だ。でも、ようやく俺にもまともな師匠がついてくれたし、これを機会にしっかり修行して、もっとできる陰陽師になるぞ！

やっぱり恰好いいもんな、スマートにサラッと怪異を祓う陰陽師は。

「――と、少し話し込んでしもうたな」

鴨が腕時計を見る。

「市バスの時間は……もう少しあるか」

「病院に行くのか？」

「そう。ヒマしてるやろうから、差し入れでも持っていったろかな」

おお、鴨にもそういう優しいところがあるんだな。感心感心。

「じゃあこの辺りで探そうぜ。ついでに木屋町の見所ポイントをチェックしたい」

「お前なあ。遊んでるんとちゃうねんで」

「こっちはめちゃくちゃ仕事だっつうの！　地元民ならではの木屋町アピールポイントがあったら教えてくれてもいいんだよ？」

俺は手をグーにして、サッと鴨に差し出した。マイクの代わりだ。

鴨は実に嫌そうな顔をして、俺のグーを手で除ける。

「地元民渾身の京都ネタか。教えてやろうか」

「いいねいいね、どんと来い！」

「観光客のせいで地元民が市バスに乗れへん」

しーん、とあたりが静まった。テンションはだだ落ちである。

「あ、あの」

「道を歩けば道を聞かれる」

「地方のヤツに京都出身って教えると高確率で『ええとこ住んでるな～』って言われるけど、ぜんぜんええとこちゃう。道狭いし、一方通行多いし、信号も多いし、三条なんか袋小路だらけで地元民でも迷う」

「か、鴨しょー？」

「確かに観光地は盛りだくさんや。神社仏閣あちこちにある！　やけどな、そういうトコは、たまに行くから楽しいんであって、毎日神社仏閣見てみ？　単なる背景になるんやで」

　なんだろう、鴨が怒ってる。そして俺に迫(せま)ってくる。目が血走ってて怖い。

「逆に聞くが、駒田は『京都』と聞いて何を思い浮かべる？」

「え？　え～っと、やっぱり清水寺かな。あと五山(ござん)の送り火とか。金閣寺とか」

　俺が思い浮かんだ単語を口にすると、少し距離を取った鴨が「フッ」とアンニュイに笑った。

「金閣寺なんて幼稚園の遠足以来行ってない。清水寺、行ったことない。五山の送り火はテレビでビール片手に見るもんや。祇園祭は雨が多いし晴れても暑いし人は多いし」

　でるわでるわの文句の数々。

　ていうか鴨、清水寺行ったことないのか？　せっかく京都に住んでるのに？　それに五山の送り火をテレビで見るなんてもったいなさすぎる。お祭りは、現地に行って熱気を感じることが醍醐味ではないか？

気づけば、俺は心底同情した顔で、鴨を見つめていた。

「鴨、お前ってすっごい……可哀想な人なんだな」

「うわあ、マジで殺意湧いたわ、今」

「せっかく京都に住んでいるというのに、清水寺に行ったことがない？　なんてもったいない生き方をしているんだ。そんなだから、陰陽術しか取り柄がなくて警察で閑職に追いやられるんだぞ」

「俺、やっぱり弟子取るのやめよかな……」

鴨がイライラした顔をする。カルシウムが足りないと見た。

「絶対行くべきだ。鴨はもっと、京都に住んでることをありがたがるべきだ！」

「あーはいはい、よく言われる。俺かて好きで京都に生まれたんちゃうし！」

みんながみんな、寺とか神社とかが好きなんちゃうんやでとか、鴨がブツブツ呟いている。言ってることはわからんでもないが、やっぱり東京生まれの俺としては、せっかくの古都なのにと思ってしまう。

「仕方ないなあ、よし。ここらで弟子たる俺が一肌脱いでやりますかっ」

俺は腰に手を当ててフフンと笑うと、ポケットからメモ帳を取り出した。

ライターたるもの、常に最低限のネタは押さえておけ！

「京都の観光スポットを一通り調べておいたんだ。まず、木屋町といえば高瀬川一之船入！」

俺はさっそく走り出す。鴨が実に面倒くさそうについてきた。

高瀬川一之船入とは、本来は江戸時代に、高瀬舟が運河を渡って、荷物の上げ下ろしをするために接岸した場所だ。

現在はもちろん使われてないけど、観光スポットとして酒樽を置いた船が浮かんでいる。

満開とはいえないが、桜は咲いていた。うんうん、いい感じのフォトスポットである。

「さっきも思ったけど、やっぱり木屋町といえば高瀬川。桜が綺麗に映えるなあ」

俺は何枚か写真を撮って満足して頷く。今は桜が綺麗だけど、ここなら四季折々の顔を見せてくれるだろう。

「こういうのが、ええんかねえ」

鴨がコートのポケットに手を突っ込んで、つまらなそうに船を見ている。

「ええんだよ。木屋町は、幕末時代の史跡が多いから、その時代が好きな人にはたまらん通りなんだぞ」

ここから御池通りのほうに行けば、かの幕末アイドル、桂小五郎の像がある。

「木屋町から離れるけど、向こうのほうには池田屋跡があるんだよな。あの有名な事件が実際に京都で起こったんだって思うと、不謹慎だけどワクワクするよな」

「ああ、パチンコ屋とかいろいろ建っとったけど、今は居酒屋なんやろ。巡り巡って、また飲み屋になっとるのは面白いと思うわ」

御池通りのほうを眺めながら、鴨が気だるそうに言った。

「他にも木屋町通りには、土佐藩邸の跡地や、坂本龍馬が住んでいた場所、そして数々の志士が命を落とした『遭難の地』と呼ばれる史跡があるんだ。京都といえば新撰組が人気だけど、木屋町通りのあたりは、維新志士の史跡がすごく多いんだよな〜。土佐藩の人達に愛された神社もあるんだぜ。土佐稲荷神社っていうんだ」

せっかく調べたので、ここぞとばかりに知識を披露する。

鴨はわりと感心した顔をして「へぇ〜」と相づちを打った。

「ぜんっぜん知らんかったわ」

「お前それでも京都民かよ〜！」

「京都生まれ京都育ちが、みんな歴史大好きやと思うな」

ふん、と鴨が腕を組んで鼻で嗤(わら)う。なんでそこ、偉そうなんだよ。

「はぁあ、京都旅めぐり記事は、木屋町中心に書いていこうかな。結局このへんしか歩

「残念やったな。同じ繁華街でも、祇園まで行けばまた書きどころがありそうやのに」

「マジでそれ。八坂神社とか行きたかったなあ」

仕事のスケジュール的に、明日の朝には新幹線に乗らないといけない。その上、亡霊がらみの問題に巻き込まれるわ、鬼女に追いかけられるわ。俺は鬼退治に来たわけじゃねーんだぞっと叫びたくなってしまう。

「おっと、そろそろバスが来るで。行こ行こ」

凹む俺を放って、鴨が忙しそうに走って行く。俺はよろよろとついていった。

「バス！　オレ、バス乗るの好きダ。ごとごと揺れて楽しいからナ！」

ずっと俺の頭に乗っかっていた氷鬼が嬉しそうにはしゃぎだす。

「そういえば、俺って東京ではあんまりバス乗らないんだよな」

基本的にアパートで仕事してるし。たまに編集長に呼ばれて出版社に行くけど、その時は徒歩と地下鉄だし。

京都といえば、市バスも名物のひとつではないかと個人的に思う。細かく枝分かれしたたくさんの路線を、多くのバスが走っているのだ。道を歩けば、どの道でも必ずといっていいほど、緑色のバスを見かける。次点で、ベージュのバスも見る。

緑色が市バスで、ベージュは阪急バスや京都バスらしい。

俺達が乗ったのは、緑色の市バス。車内はほどほどに混雑していたが、満員というほどではなかった。しかし席は空いてなかったので、俺と鴨は手すりを掴んで立つ。

ゴトゴトと走り出すバスは、なかなか揺れる。

氷鬼は俺の頭の上で物珍しそうに車窓から見える景色を眺めていた。

「平日の昼だっつうのに、混んでるんだなあ」

「こんなんすいてるほうや。早朝のバスなんて最悪やで。息できひんし」

「そ、そんなに混むのか」

「このへんは市の中心やし、バスの本数も多いからある程度分散されるけど、市外になるほどキツくなるな。いわゆるベッドタウンみたいな所とか」

「あ～うんうん。なんかわかる」

地価的な問題で、どうしてもベッドタウンは郊外にできる。朝の通勤時は絶対に混雑するわけだ。東京だって、毎朝の通勤電車はすし詰め状態である。

「バスが満員になると、途中の停留所とか停まってくれへんくなるしなあ」

「ええ～、それは辛いな」

「ギュウギュウ詰めの中に無理矢理入ろうとするヤツも多いしな。危険やし、仕方ないねん。せやから俺はあえて自転車通勤を選んでる。自転車はええで～」

　鴨がめずらしく笑った。

「不健康そうな顔してるのに、意外と健康的なんだな」

「お前はホント一言多いやっちゃな！」

　そしてすぐさま怒り出す。鴨はホント怒りやすいヤツだと思うぞ。小魚を食え。

　バスはのんびりした速度で道路を走り、やがて車窓から病院が見えてきた。

「おっ、次の停留所で降りるんだよな」

「オレ、ボタン押したイ！」

　氷鬼がわくわくした目で訴える。

　こういうところは子供みたいなんだよなあ。人間よりも長寿のくせに。

「はいはい、どうぞ」

　俺が言うと、氷鬼は嬉しそうに降車ボタンを押す。

　そして俺達はバスを降り、病院に入って見舞いの手続きをした。

　病室に入ると、樫田はすっかり元気な様子だった。

「よっ」

「調子を取り戻したみたいだな、よかった。これ差し入れ。米ならアレルギーにひっかからないんだろ」

バスに乗り込む前に購入した和菓子を渡す。中身は桜餅である。

京都はあちこちに和菓子屋があるのが面白いし、便利である。種類も豊富で、俺は特に上生菓子を見るのが好きだ。季節感を取り入れたりしていて、形の凝ったものが多いから。

樫田は「おおきにな～」と言って嬉しそうに受け取った。

どうやら、今の樫田の身体を操っているのは、樫田本人のようである。

「おかげさんで、明日で退院や。会社も休んでもうたし、俺も頑張らなあかんな」

「そっか。トウヤは相変わらず、同じ身体の中にいるのか？」

「ああ。変わろか？」

やけに軽い調子で聞いてくる。昨日はあんなに怒っていたのに。

「もしかして、昨日のうちにトウヤと話し合ったりしたんか？」

鴨も同じ疑問を抱いたようで、樫田に尋ねる。

「ああ。他にやることなかったしな。俺、入院したのは今回が初めてなんやけど、病院ってえらい暇なんやね。スマホで遊ぶことはできるけど、すぐ通信量がオーバーになってしもて、なんもできんくなったわ」

　樫田がやれやれといった感じで、頭を掻いた。

「頭の中でなら、トウヤと会話ができたんや。俺の頭の中にもうひとつ人格が入ってきたような、奇妙な感覚なんやけどね」

「へえ、樫田さんは順応力が高いんだな」

　俺は感心した。普通なら無視するだろうに、樫田はトウヤという魂と向き合ってくれたようだ。いや、本人も言うように、他にやることがなかったからかもしれないけど。

「それでな。トウヤと話し合うことで、俺も自分のことをいろいろ整理することができたんや」

「ほう？」

　鴨が興味を覚えたように相づちを打つ。樫田は照れくさそうに笑った。

「いやあ、トウヤは俺と違うて、えらい賢いんやわ。記憶の整理とか、うまいこと誘導してくれてな。関東弁で喋るんもよかったんかもな。あんまり茶々入れず、冷静に意見が聞けたっつうか……」

　そう言って、樫田はばつの悪い顔をして、俯いた。

　ベッドに腰掛けたまま、懺悔するように両手を組む。

「占いに行った時のこと、ようやく、ちゃんと思い出せたわ」

　俺は鴨と目を合わせる。期待どおり、樫田は記憶を思い出してくれたようだ。

「俺なあ、実はトウヤみたいな性格になりたくて、蛸薬師(たこやくし)の占い師のところに行ったんやわ」

　ぽつぽつと、自分のことを語り始める。俺と鴨はもちろん、氷鬼も黙って聞く。

「あんたらも昨日のやりとりでわかったと思うんやけど、俺ってめっちゃ気遣いとかが下手やねん。短気で、思ったことなんでもズバズバ言ってしまうっていうか、昔からこうで」

　困ったようにため息をつく。

　はっきりした性格と言えば聞こえがいいけど、逆に言えばデリカシーが足りない。樫田はそんな自分の性格に悩んでいたようだ。

「両親、きょうだい、クラスメート、恋人、会社の同僚や先輩。揃いも揃って衝突しまくりの毎日や。何度、性格を変えろって言われたか。そんなん、変えられるもんなら変えたいわって、誰よりも俺が思ってた」

　樫田はきっと、我慢できない気質を持っているんだろう。言いたいことを心の中に押しとどめるということができず、なんでも口に出してしまう。嘘をつかないのはいいところかもしれないが、空気を読まずになんでも好きなことを言っていたら、そりゃ衝突もする。

「恋人とは喧嘩別ればっかり、家族仲は険悪。会社ではつまはじき。ええ加減、嫌になってな。そんなころに、蛸薬師(たこやくし)の占い師の噂を聞いたんや。あの人に占ってもらえば、性格が変わるっちゅう噂でな。俺は藁(わら)にでもすがる思いで予約して、大金払ったわけや」

ぎゅっとベッドのシーツを握りしめた樫田は、辛そうな顔をして目を瞑(つむ)る。

「もう二度と失敗したくなかった。今よりましな性格になりたかったんや」

穏やかで、気遣いのある、やさしい人間になりたい。例えば、トウヤのような。

「話の腰を折って悪いけど、蛸薬師(たこやくし)の占い師に占ってもらった時のことは覚えているんか？」

鴨が静かな口調で尋ねる。樫田は困った顔をして、眉間に皺(しわ)を寄せた。

「めっちゃええにおいがして、めっちゃ巨乳で際どい衣装着た姉ちゃんがカウンセリングしてくれたんは覚えてるんやけど……そこからはうろ覚えなんやわ。どうしてもはっきりせえへん」

「もしかしたら、何らかの術をかけられて、都合の悪い記憶を消されたんかもしれへんな」

「月下香ならありえるな」

なんせ相手は鬼なのだ。しかも力の強い鬼のようだし、人の記憶を消去するくらいは難なくやるだろう。

「樫田さん。うろ覚えでもなんでもいいから、とにかく覚えていることを教えてくれないか。こっちも手がかりがなさすぎて八方塞がりなんだ」

「そう言われてもな〜。う〜ん……」

樫田は腕を組んで考え込むと、やがてハッとした様子で顔を上げる。

「そうや！　移動したで。どう移動したかは覚えてへんけど、俺、いつの間にか地下道の構内みたいな場所に立ってて……オカルトっぽい、変な絵があったような……」

うろ覚えを頼りに言葉を口にしていた樫田は、だんだんとしぶい顔つきになる。そして、カクッと頭を下げた。

「あかん。俺の記憶はこれが限界や。ぜんぜん参考にならんくて、すまん」

「いや、大変参考になったよ。ありがとう」

少なくとも、樫田は地下道に移動させられた。変な絵っていうのはよくわからないけど、降霊の儀式はそこで行われた可能性がある。

「ところで樫田さん。あなたは結局、人格変成は失敗したってことだよな」

今の樫田が生まれもった性格なら間違いない。トウヤは一時的に樫田の身体を乗っ取りはしたけれど、樫田の魂はまだ残っていて、ひとつの身体にふたつの魂が入るような事態になってしまったのだ。

「そういうことやな」

樫田は頷き、乾いた声で笑った。

さすがにショックだよな。今度こそ自分は変われると思ったのに、変われなかったんだから。

「まだ、人格変成をしてもらいたいって思っているのか？」

こんなことを聞いていいのかな。でも、彼の気持ちを確かめないといけない。

苦しい思いをして、思い悩むほど自分の性格を嫌っていたなら、その可能性はある。

でも、できれば思い直していてほしいと俺は願っていた。どんなに望んだとしても、それは間違った方法だと思うから。

すると樫田は、ふっと顔を上げるとまっすぐに俺を見る。そしてびっくりするほど爽やかな笑顔を浮かべて、首を横に振った。

「いや。今はもう、思わへん」

「……そうなのか？」

意外なほど、あっさりした返答だ。俺は目をぱちぱちさせた。

「心の中でトウヤと話し合ってるうちに、自分自身を見つめ直すことができたんや。他人に性格を変えてもらうっていうのは、責任転嫁やなって思ってん。俺の性格は、俺が責任持たなあかんよな」

そう言って、樫田は自分の胸に手を当てる。まるで、身体の中にいるトウヤの魂に語りかけているように。

「俺はこういう性格や。短所はあるけど、長所もある……と思う。この性格とうまくつきあえるように、自分でコントロールせなあかんねんな。トウヤからもいろいろアドバイスをもろてん。言葉を発する前に、一度深呼吸する癖を付けよう、とかな」

「へえ、深呼吸か」

鴨が目を丸くして、樫田が頷く。

「ようは、なんか言葉を出す前に一旦考えろってことや。その言葉で他人を傷つけないか。不和を呼ばないか。一瞬でも思いとどまることは大事やって教えてもろて、それなら俺にもできるかなて思うたんよ」

驚くほど、前向きな言葉だった。

トウヤという存在は樫田に良い影響を与えたらしい。

「そっか……。よかったな」

「うん。トウヤとはすっかり仲良くなって、こいつも結構明るくなったんやで」

「なるほど。トウヤはトウヤで、はっきりした性格の樫田に影響受けたんかもしれへんな」

鴨の口調も、心なしか優しい感じだった。

亡霊に対する価値観は簡単には変わらないけど、互いにいい影響を与えている関係自体は、よいことだと思っているんだろう。

「悪いんやけど、一度トウヤに代わってもらえへんか。聞きたいことがあんねん」

「ああ、ええで」

樫田は快く了承して、軽く目を閉じた。

そして、ゆっくりとその目を開く。

……不思議なものだ。同一人物なのだから、顔は同じのはずなのに。

なぜか樫田の身体をトウヤが操ると、少し気弱そうだが落ち着きのある男性……、本来の樫田とは真逆の雰囲気になって、顔つきもほんのり変わる。

人格というのは、俺が思うよりも大きな影響を持つのかもしれない。

「トウヤ、樫田の話は、聞いてたか？」

鴨が尋ねると、トウヤはこくりと頷いた。

「樫田さんと仲良くなったんだな。人生相談にも乗ってくれたみたいだし」

俺が笑い混じりに言うと、トウヤもはにかんで笑った。

「そんなたいしたことはしていないよ。それに僕にとっても、いい時間を過ごさせてもらったから」

トウヤは大切な気持ちを噛みしめるように目を閉じた。

「僕は、心が弱かった。繊細と言えば聞こえがいいけど、臆病だった。おぼろげだけど生前のことも思い出せた。僕は……自殺したんだよ」

少し陰のある顔つきで、トウヤが話す。

この世に未練を残し、あの世に旅立てない亡霊。トウヤがそういう存在であることから、彼の死はなんとなく普通ではないだろうと思っていた。

でも、自殺か。そりゃ未練ありまくりだよな。何かに不満を持っての自殺だったら、恨みの気持ちも残っていただろうし。

「でも、樫田さんの話を聞いたり、自分の意見を言ったりしている中で、僕も自分自身を見つめ直すことができたんだ。自分の嫌いな性格を受け入れるって、とても難しいね。死んだことを後悔していないと言ったら嘘になるけど」

トウヤは顔を上げると、何かを吹っ切ったように軽やかに笑った。

「他人の身体を乗っ取ってまでやりたいことはないよ。この身体が歩む人生は、樫田さんのものであってほしい」

「トウヤ……」

俺は安堵にも似た気持ちを抱いた。いい笑顔だ。このぶんなら、怪異が解決してトウヤの魂が樫田の身体から離れることになっても、無事に成仏できるだろう。

「あまり喜ぶべきことやないんやけど、樫田とトウヤの出会いは、ええもんやったんやな」

鴨の表情も柔らかい。ハプニングには違いなかったけど、お互いにいい結果をもたらしたのなら、それは良い出会いだったんだろう。

「そうだ、僕からも話しておきたいことがあったんだよ」

トウヤも何かを思い出したらしい。俺と鴨の表情が一気に引き締まる。

「たぶん、僕が樫田さんに憑依(ひょうい)した瞬間の記憶だと思うんだけど……」

彼もまたうろ覚えなのか、難しそうな表情を浮かべる。

「樫田さんが地下道みたいなところに連れていかれたって言ってたでしょ？　僕もその場所を覚えているんだ。突然、パッと視界が晴れたところに、地下鉄の構内みたいな壁が見えた。ゴトゴトと電車の音がしたのも覚えてる。そして、僕の後ろに巨大な影が現れたんだ」

その時の情景を思い出して、トウヤがぶるりと身体を震わせる。

「影は僕の頭を掴んだ。その瞬間、頭の中から『何か』が引きずり出される感覚がした。僕はとっさに止めなきゃって思って、無我夢中でその『何か』に手を伸ばして……」

トウヤはシーツを掴んで、悔しそうに唇を噛みしめる。

「ごめん。僕が覚えてるのはそこまでなんだ。まるで照明が落ちたように意識がまっくらになって、次に気が付いた時には街の中にいた」

「なるほど。そしてクレープを食べたんだな」

やっと経緯が見えてきた。月下香の尻尾を、端のほうだけど掴めた気がする。

また顔を出すと約束して、俺と鴨は一旦病院を後にした。

ふたりが口にした『地下道』。降霊の儀式が行われた現場を探さないといけない。まあ、京都で地下鉄の構内といえば、場所はかなり限られてくるけど。

「確か、京都の地下鉄って、東西線と烏丸線のふたつだよな。どっちなんだろう」

「烏丸線やと思う。古さでいえば、烏丸線のほうが上やしな。あの鬼が昔からおって、地下鉄のどっかを根城にしてたなら、間違いなくそっちやわ」

バスに乗って四条烏丸で降り、階段を降りて地下鉄の構内に向かう。

「おお、この澱んだ空気は、鬼や怨霊にとって居心地がいいナ～」

ぴょんぴょんと階段を跳ねるように降りた氷鬼が、くるくると回って嬉しそうに言う。

「確かに。怪異のにおいもめちゃくちゃするな」

俺は手の甲で鼻を押さえつつ言った。このにおいは最近、どこかで嗅いだ気がする。

京都に到着した時からずっと怪異のにおいはしていたけど、一際強い腐臭を放っていた場所があったような。

「ん？　もしかして、駒田は怪異をにおいで察知するタイプか」

「そうだな。鴨は違うのか？」

鴨は「ああ」と頷く。

「俺は目で怪異を視るタイプや。でも、怪異の察知能力は視覚より嗅覚のほうが上やねん。俺は、かなり怪異に近づかないと『視』えへん」

「へー……、知らなかった」

「犬も察知能力が高いやろ。嗅覚で麻薬を探し当てたりとか」

「俺を犬扱いしないでもらえますかね⁉」

間髪いれずにツッコむが、鴨はすでに聞いていない。怪異の場所を探すようにあたりをきょろきょろ見回している。なんて酷い師匠だろう。

「駒田の嗅覚がアテにできるなら、これで行けるな」

鴨はコートのポケットから平べったいケースを取り出した。ばかりと開けると、中には色鮮やかな折り紙がたくさん入っている。彼はその中から緑色の折り紙を取り出すと、構内の壁に当てて、手早く折っていった。

あの折り紙は見覚えがある。そうだ。月下香の正体を暴いた形代(かたしろ)だ。あの時は青い折り紙で作られた犬だった。

「よし、できた」

鴨が手の平に載せたのは、鳥の形になった折り紙。

「鴨怜治の名において命ずる。探索の士、羽の在処(ありか)は空と土。ここに顕現せよ」

ぶつぶつとまじないを唱えて、ふうっと軽く息を吹きかける。

するとどうだろう。形代(かたしろ)はふわりと光った瞬間、可愛らしい小鳥になった。

「おっ、ウグイスか？」

氷鬼がキラキラした目で見上げて、鴨は「まあな」と頷いた。

「別に鳥の種類なんかどうでもええんやけど。俺が呼び出したのは探索用の式神や」

「式神……って、もしかして本物の？　安倍晴明が使役していたという、あの有名な？」

「いや、十二天将やなくて、精霊みたいなもんやな。昔からおる神様の何柱かと契約してんねん」

「へぇ～！　神様！」

俺は目を丸くして、まじまじとウグイスを見てしまった。

これが神様かあ。見た目のせいかめちゃくちゃ可愛いな。

ウグイスは俺を見つめると、ぴょこんと首を傾げる。うん、間違いなく可愛い。

「ま、神様といっても、その在り方は精霊やからね。言葉は喋れへんし、あまり意志もない。せやけど俺の命令を忠実に守ってくれるところは気に入ってる」

なるほど。神様にもいろいろ種類があるってことか、このウグイスの形をした神様は、おそらく自然信仰から生まれた存在なんだろう。精霊に近いと言っていたし。

それにしても式神ってかっこいいな。氷鬼とは式神の契約をしているものの、どちらかといえば友達みたいな感覚だし。俺も形代を作って、あんな風に式神を呼び出して使えるようになりたいなあ。

「よし、じゃあ駒田。怪異のにおいを辿るんや」

「本当に扱いが犬じみてきたな……」

がっくりと肩を落とした。そんな、嗅覚で何もかもわかると思うなよ。

「この式神も探索が得意やし、ある程度補助してくれる。まずは自分の本能に任せて歩いてみい」

「そんなこと言われてもな」

やっぱりコイツ、俺のこと犬だと思ってるな？

心の中で思いつつ、試しにくんくんとにおいを嗅いでみる。

とりあえず、怪異のにおいが強そうな方面に向かって歩いてみよう。

京都四条の地下構内は、地下鉄や阪急電車の乗り場や各出口に繋がっていて、四条河原町から烏丸方面にかけてまっすぐ道になっているのが特徴だ。

においは……河原町方面よりも、西院方面のほうが強い気がする。

「こっち、かも」

確証はまったくないけど、本能に従えと言ったのは鴨だ。あまり深く考えないで、なんとなくでいいだろう。間違っていたら鴨に全責任を押しつける気満々である。

四条の地下は、ほどほどに通行人がいた。足早に改札口へ向かう人もいれば、烏丸から河原町までの道をおしゃべりしながらのんびり歩いている観光客もいる。

道幅は結構広くて、俺達が横に並んで歩いても充分な余裕があった。

時折、上のほうから電車の走る音がする。ゴトゴト、ゴトゴト。結構大きい音だ。トウヤが聞いた音はこれだったのかもしれない。構内の壁には広告ポスターが貼ってあったり、百貨店のディスプレイがあったりする。地下の構内といえど、退屈しない作りになっているようだ。

「ぴっ」

　俺がにおいを辿っていたら、いつの間にか俺の頭の上に乗ったウグイスが、ビシッと羽でどこかを指す。

「おっ、ビンゴみたいやな」

　鴨があたりを見回した。怪異のにおいはこれ以上ないほど強くなっていて、俺は鼻がもげそうである。夏場のゴミ捨て場のほうがマシかもしれない。

「やっぱり駒田は鼻がええみたいやな。さあ探索の士よ。結界を探し出せ」

「ぴぴっ」

　ウグイスは羽で敬礼するような仕草をし、ぱたぱたと飛んで行く。

　向かった先にあるのは、なんの変哲もない壁。でかでかとポスターが貼ってあり、『キャッチ商法にご注意！』と書いてあった。

　ウグイスがそのポスターの周りをグルグル回っている。

「入り口はここみたいやな」

「でも、扉らしきものはまったく無いぞ？」

　ポスターがある以外は、のっぺりしたクリーム色の壁があるのみだ。

　鴨は、黙って壁に右手を当てる。

「探索の士よ。苦難の先に大空があるのなら、これを飛ぶために、いざ、土を蹴って征(ゆ)け」

「ぴーっ！」

ウグイスの身体がまばゆく光る。そして、光の球と化したそれはポスターめがけて突進した。

「えっ」

危ない。ぶつかる！

俺がそう思ったのもつかの間、光はとろけるように消え、ただの折り紙に戻った紙はびりびりに破れて紙吹雪のように落ちていった。

そして、地面に残った紙きれも、ふわりと舞い上がって雪のように消えていく。

まるで魔法を見ているようだった。

これが本物の陰陽師なんだ。死んだ父が俺に『そうなってほしい』と願った、理想の姿。……遠いなあ。届くのかなあ。

思わず遠い目をしてしまう。

「どうした？」

鴨が俺を見て首を傾(かし)げる。

「い、いや、なんでもない」

こんなところで劣等感を覚えても仕方ない。俺があらゆる面で劣っているのは今更なんだから、いい加減、羨（うらや）んだり落ち込んだりするのはやめよう。思考するだけ不毛だ。

「えっと、結界を外したのか？」

改めて尋ねると、鴨は「ああ」と頷く。

「このポスターに、結界を隠すまじないがかけてあったようやな。よし、入るで」

そう言って、鴨は壁に向かって身体を傾ける。

壁に頭突きでもするのかと思った瞬間、鴨の姿がふっと消えた。

「ええっ⁉」

びっくり仰天してしまい、慌てて辺りをきょろきょろ見回す。通行人は……いるっちゃいるけど、特に俺達を見てはいない。今ここで人ひとりが消えたんだけど、誰も気づいた様子はない。

「この結界は、触れた時点で、その存在が認識されなくなるんダ」

氷鬼がポスターに触れながら、俺に教えてくれる。

「触れた時点で？」

「そう。あの鬼女（きじょ）がここを出入りしていたのなら、周りの目をごまかす必要があるからナ」

なるほど、納得である。

それなら俺も、このポスターに触った時点で、通行人から認識されなくなるということだ。

氷鬼が壁の向こうに消えていく。それを見届けてから、俺も勇気を出して壁に向かって身体を傾けた。

大丈夫だと思っていても、自分から壁にぶつかりに行くのは怖い。額が壁に激突すると思ってしまって、ぎゅっと目を閉じてしまう。

すると、手で触れていた壁の固さが消えた。俺の身体は前のめりになって、慌てて足を出してたたらを踏んだ。

「ここは……」

目を開けると、薄暗い部屋だった。広さは十畳くらいだろうか？　あまり広くは感じなかった。

部屋の中はがらんとしていて、照明器具も、置物も、窓も、なにもない。

ここはどこなんだろう。地下構内の壁から入ったんだから、ここも構内のどこかだと思うんだけど。

「へえ……、こんな場を作っとったんか。ぜんぜん気づかへんかったな」

鴨が物珍しそうに辺りを見回す。

「なあ、ここってなんなんだ？　何もないけど……」

それにしても、このにおいは酷い。ようやく思い出した。この強い腐臭は、あの木屋町の廃ビルで匂ったものと同じだ。いや、あっちより更に強いかも。この場所がまさに発生源という感じがしてならない。

「ここは、わかりやすく言うと、鬼の寝床ダ」

てくてくと部屋の中を歩く氷鬼がにやりと笑って言う。

「鬼の……寝床？」

手の甲で鼻を押さえながら尋ねると、氷鬼がこくりと頷く。

「月下香がこの場を作ったんだろウ。なかなか良い場所を選んでいル」

「そうやな。せやけど壁も床もまだ新しい。この場は最近作られたものや。元々は違うところにいたけれど、こっちに引っ越してきたんかもしれへん」

鴨が腕を組みながら言い、氷鬼が「そうだナ」と同意する。

「鬼の好物は生きた魂。より人が多いところ――繁華街なんかは、鬼の好む場所ダ」

「つまりここは、あの月下香にとって家みたいなところなのか？」

俺が尋ねる。鴨が大きく頷いた。

「そうやろな。氷鬼も言ってたが、敵ながら腹立つくらいええ場所押さえとるわ」

そう言いながら、鴨は部屋の中を歩き、やがてある場所で足を止める。

「よし、視えた。ここが起点やな」

その場でしゃがむと、鴨は懐から霊符を取り出し、地面にぺたりと貼る。そして指で九字を引きながらまじないを唱えると、霊符がボッと燃えて消えた。

「えっと……、何をしたんだ？」

普段、俺が怪異に対してやっているのは、鬼や怨霊を相手にした『説得』だけだ。当然だけど、俺のやり方とぜんぜん違うから、鴨の行動の意味がまったくわからない。いや、これが正しい陰陽術のやり方というのは、嫌になるくらい理解してるんだけど。

「龍脈の噴き出し口があったから、閉じたんや」

鴨は面倒臭がる様子もなく、教えてくれる。

龍脈――。それは、陰陽道をかじっていたら必ず聞く言葉だ。

大地を流れる気の道。それは大地にとって血管のようなものなのだが、その形が龍に似ていることから、龍脈と呼ばれたらしい。陰陽道はこれを重要視している。

曰く、龍穴という龍脈の噴き出し口の上に家を建てれば、繁栄が約束されるとか。店を建てれば繁盛するとか。大地のエネルギーを利用して、人は古来からその恩恵にあやかってきたのだ。

「つまり、ここには龍穴があったのか？」

「そう。あの鬼女はそれを利用することで、居心地のいい寝床を作った。しかも龍穴は自然にできたもんやないで。どうやら力尽くで龍脈に穴を開けたみたいやな」

「ハハハ、そういう脳筋思考、まことに鬼らしいナ～」

後頭部で両手を組み、氷鬼が楽しそうに笑う。

「ふうん。じゃあ、氷鬼も脳筋なのか？」

俺が尋ねると、氷鬼は余裕たっぷりの顔をしてニヤリと笑う。

「オレは知性のある、頭脳派の鬼なんダ」

「鬼が知性を語るとか、笑えるからやめてくれ」

鴨がすかさずツッコミを入れて、コートのポケットに両手を突っ込む。

「ここは、龍穴から噴き出る地の力を利用して異界化されとる。言ってしまえば常夜の国と同化しとるんや。せやから、鬼にとって心地がいい場所やし、ゆっくり『食事』をするにはもってこいというわけやな」

常夜の国とは、黄泉の国とも呼ばれる、死者の世界。

そして、怨霊や鬼の本来の住み処でもある。ただ、その世界には娯楽がいっさい無いため、退屈した鬼は時折この世に現れる――とされている。

ちなみに怨霊は、この世に留まる亡霊が恨みを募らせて怪異と化した存在なので、常夜の国に『還らせる』というよりは『旅立ってもらう』という言い方の方が正しい。

ただ陰陽師は、そんな鬼や怨霊をわざわざ常夜の国に行かせることはしない。様々な退魔の術を学んで、文字通り『消去』させるのだ。俺の場合はもちろんそんな真似ができないので、陰陽術で自分を守りながら、ひたすら説得して穏便に旅立たせているわけである。

「それにしても、さっき言った食事ってどういうことだよ。鬼の食事といえば……」

自分で呟いて、サッと冷や汗が背中を伝う。

そうだ。鬼といえば生きた魂が主食なのだ。

「ま、主食といっても、魂を食わなきゃ死ぬというわけじゃなイ。よだれが出るほど好きだけどナ。でも殆どの鬼は手当たり次第に食うなんてみっともないまねはしなイ。そんなことをするのは知性のない低級の鬼ダ」

氷鬼が、どこか酷薄な笑みを浮かべて言い捨てる。

「手当たり次第に魂を食うのが、みっともないのか？」

「うまい魂かまずい魂かくらいの判別はしろという話ダ。本来、鬼はグルメなんだゾ」

ふふんと氷鬼が偉ぶってみせる。鬼はグルメ……確かに氷鬼はグルメだな。というか、高い肉と甘味が好物なだけって感じもするが。

「氷鬼がグルメとかいう与太話は置いといて。あの鬼女が、占いに来た客の魂をここで貪り食っていた……と考えるのが、自然やな」

鴨が冷静な顔つきで言う。真面目モードなのに、しっかり氷鬼をディスってるところが鴨って感じもする。

「確かに、ここなら落ち着いて食事ができそうではあるけど……うっ」

鼻がねじ曲がりそうなほどの異臭が漂う中、月下香が生きた魂を食う姿を想像してしまい、あまりのおぞましさに吐き気をもよおす。

月下香はこれまでの間に、どれほどの人間を食らってきたのだろう。犠牲になった人たちの未練や後悔の念が、この部屋に染みついている気さえしてくる。

「先に出ておくか？」

顔色の悪い俺を見て、鴨が気遣ってくれる。

……はあ、俺、本当に半人前なんだな。

もし俺が一人前の陰陽師なら、そんな言葉はかけなかっただろう。

俺が弱くて無力だから、鴨は優しい言葉をかけてくれたんだ。

情けなくて落ち込みそうになるけれど、俺は自分の心に気合いを入れて、顔を上げた。

「大丈夫。ちゃんと、調査が終わるまでここにいる」

今にも吐きそうな気分なのに、なにを言ってんだか。

でも、ここでリタイアするのは最悪に恰好悪い。それなら、やせ我慢でも役に立たなくてもここにいたい。

——父の死に怪異が関わっているのなら、これから嫌でも同じような現場を調査していくことになるのだろうから。

鴨はしばし俺を見たあと「わかった」と頷く。そして部屋の真ん中で跪いた。

また、何か術を使うつもりらしい。今度は、手の平サイズの板のようなものをポケットから取り出した。どうでもいいけど鴨のコートのポケット、色々入ってるな。どっかの未来型ロボットみたいだと口にしたら怒りそうだから言わないけど。

「なあ、鴨」

「ん？」

「さっき、霊符を使って龍穴を閉じたんだよな」

確認したくて尋ねると、彼は「そうやな」と頷く。

……うん。俺の思い過ごしかもしれないけど。それって、まずくないかな。

「あのさ、月下香は気づかないのか？」

「そのうち気づくやろな。龍脈の異変は、鬼のほうが察知するのが早いし」

鴨はあっさり言って、板に向かって九字を切る。

「え、いやあの、じゃあ、悠長にしてる暇はないんじゃ……」

「まだギリギリ大丈夫のはずや。あいつも忙しそうやしな」

「忙しそう……？」

俺が首を傾げていると、鴨がまじないを唱え始める。

「出でよ、式盤に封じられし式神。五行は土の神、吉の将。陰の気を孕むは後四の未。四時の善神、ここに有り」

瞬間――鴨が持っていた板がカッと光る。そして光は段々と何かの形を作り出した。

まぶしくて目を開けていられない。

しかし、突然『ぽんっ』と、やけにコミカルな音がしたので、俺はその音が無性に気になった。

まぶしさがおさまってきたころに、おそるおそる目を開ける。

するとそこには――

「ひつ……じ？」

俺は目をぱちくりとさせた。目の前にいるのは、間違いなくヒツジだ。しかも、もこもこふわふわで、抜群に可愛らしかった。

「式神の一柱。未を司る者にございます」

「うわっ、喋った！」

見た目が完璧にヒツジなのに、流暢な日本語を話すものだから驚いてしまう。

それにしてもすごいな。あの板は単なる板ではなく、式占のための道具――式盤だったんだ。古来より、式神はあの板に封印されていると聞く。

ちなみに、歴史上で誰が式盤の式神を使役していたかというと……

「安倍晴明……。そうだ、安倍晴明だよ！」

俺は思わず興奮して言ってしまい、鴨がびっくりした顔をする。

「式盤の式神といえば、十二天将だろ⁉　鴨って、そんなすごい式神も使えるのか！」

「ああ、いや。確かにこいつは十二天将の一柱に違いないけど、そんなに目の色変えるようなもんか？」

「当たり前だ。陰陽師にとって十二天将を使役するというのは、夢みたいなものなんだぞ」

果たして全ての陰陽師がそうかどうかはわからないけど。

少なくとも俺にとっては憧れだった。

十二天将は、式盤の守り神と言われている。かつて安倍晴明が使役していたことで有名になった、十二支の名を持つ式神だ。もちろん、並の陰陽師が使役できるはずもなく、話によると十二天将は、彼ら自身が仕えるべき主を決めると伝えられている。

式神としての力が強いゆえに、それぞれが非常に高い矜持を持っているので、十二いる式神すべてが傅いたのは、安倍晴明ただひとりらしい。

「すごいなあ……。どうやって契約したんだ？」

俺が尋ねると、鴨はちょっと困った顔をする。

「そんなすごいもんやないから、めっちゃ複雑やねんけど。未の式神は、十二天将の中でも比較的穏やかな気質で、話もわかるヤツなんや」

鴨の説明によると、かつて安倍晴明に使役されていた十二天将は、彼の没後、実力を認めた陰陽師にのみ、力を貸すようになったらしい。

そして未の式神は、当時の賀茂家当主と意気投合して、代々使役されるようになったのだ。もちろん、相応の実力がある跡継ぎでないと認めないらしいが。

つまり、鴨は十二天将に認められるくらい、腕が立つということである。

「さて、未の式神よ。あなたを呼んだのは他でもない。この場の記憶を、俺たちに見せてほしい」

「承知。各々、まなこを閉じ、心を落ち着かせよ」

「あっ、はい！」

式神の言葉に、俺は慌てて目を閉じる。

「瘴気立ちこめる常夜の『場』の記憶を検索。――ダウンロード完了。これより、インストールを開始する」

ん？　まて。なんか式神らしからぬことを口にしているような？

思わずツッコミを入れそうになった時、頭の中に突然、ふわりと映像が現れる。

えっ、なんだこれ。

もしかしてこれが、場の記憶ってやつなのか？

それはまるで、夢を見ているようだった。この場で起きた出来事が、俺の頭の中で再生される。

――暗く澱んだこの部屋に、ひとりの女性が立っている。

明かりと言えるものは、女性の足下に置かれた一本のろうそくだけだった。仄かに火が灯っていて、壁に彼女の影が映る。

女性はぼんやりした表情をして、身体はゆらゆら揺れていた。催眠術にでもかかっているみたいだ。

ふと、壁に新たな黒い影が映り込んだ。なんだろうと思った瞬間、それは巨大な人型になった。
「来よ、来よ、陽の場に縛られし憐れな亡者よ。お前達が望みし精神の糸を紡ごう」
男のような女のような、よくわからない、しわがれた声。
する、する。
どこからともなく、白い糸のようなものが伸びてきた。
人型の影はその糸を軽く摘まむと、女性の頭に植え付けた。
すると、女性の身体がびくりと動く。
巨大な影は女性の動きを確かめたあと、満足したように「いい子だ」と言った。
「さあ、先に食事の時間といこうかねえ」
うっそりと笑い、人影は大きく口を開ける。そして――
ばくりと、女性の頭にかぶりついた。
俺は思わず目をそらしたくなる。しかし頭の中で再生される映像は消えてくれない。
……食われたと思った女性の頭は無事だった。
影はぺろりと舌なめずりのような音を立てると、ツイと長い指を動かす。
「ふふ、お前の宿主を迎えておいで。その糸を辿れば、宿主にたどり着けるさ」
彼女は虚ろな目をしたまま、部屋の壁に向かってよろよろと歩いて行く。そしてふっとその姿がかき消えた。おそらくは、部屋を出て地下通路に出たのだろう。

「はァ――。それにしてもうまかったなあ。これは止められぬよな。生きた魂が腹の中で暴れる心地良さ、新鮮な生命の味。何物にも代えがたい――甘く熟れた果実そのものだ」

ふふふ、うふふふふ。

嬉しそうに笑うその声は、間違いなく、月下香のもの。

『映像』が終わった瞬間、俺は目を開けた。

鴫と氷鬼は難しそうな顔をして、未の式神は愛嬌のある顔つきでもこもこの毛を揺らしている。

「場に記憶された最新メモリーは、以上となる」

「……ありがとう。あのさ、未の式神さん。その、メモリーとかインストールとか、どこで覚えたんですか」

どうしても気になって尋ねると、式神は可愛く首を傾げた。

「私はあまねくすべての記憶を夢にて映し出すもの。様々な夢を見ておれば、おのずと新たな言葉も覚えよう」

「はあ……つまり、人が見ている夢から色々学んだってことか？」

「人間だけではない。無機質なるものも夢を見る。主にパソコンなる機械より、私は様々な情報を得た。今は式神も、インターネットを嗜む時代なのだ」

「……」

俺は思わず黙り込んでしまった。未の式神の言動が独特すぎて、ちょっと会話が成立しない。

いや、式神相手に、人と同じように会話しようと思うほうが間違ってるのかな。

「ところで人間よ」

「あ、俺？　はい」

「仕事をしたので、ねぎらいを要求する」

「ねぎらい？」

はてな、と首を傾げると、未の式神はふわもこの尻尾をふりふりと振った。

「この身体をなでるとよい。優しく、労りの情を込めるのだ」

「……」

よくわからんが、とりあえず俺は、未の式神の背中を撫でてみた。

想像以上にふわふわのもこもこだ。撫でているほうも心がほっこりするほど気持ちがいい。

「そこ。何を和んでるんや。未の式神も仕事を終えたらさっさと式盤に帰らんかい」

氷鬼と一緒になにやら床を調べていた鴨が、不機嫌そうに言う。

「うちのあるじは、このように、冷たい。ブラック式神遣いである」

「おい」

「実力はあるのに惜しいこと。ああ、あと一ミリほど、表情筋が動けばよいのに」

「ええから用事が済んだら、か、え、れ！」

眉間に縦皺をいっぱい立てて、鴨が式盤を差し出す。

未の式神は残念そうにため息をついた。

「まあ、今回は、未熟ながらも優しき心を持った陰陽師に撫でられたから、良しとする。なかなか新鮮で、爽やかさを運ぶ手であったぞ。それでは失礼」

未の式神はぺこりと頭を下げると、シュッと式盤に向かって飛んで行き、消えた。

「まったく。式神は便利なんやけど、やたら煩いのが面倒や。やっぱり俺は、十二天将よりも形代を使った式神使うほうが向いてるなあ」

鴨がブツブツ文句を言いながら、式盤をポケットに仕舞った。

また会う機会があればいいんだけどな。もし、氷鬼みたいに人間の食べ物も口にできるなら、好物を聞いてプレゼントしたら喜ぶかも知れない。って、師匠とはいえ他人の式神にプレゼントとかしていいのかな？

「おい、駒田。ここを出るで。さすがにそろそろ月下香も感づくやろし」

「あ、ああ」

俺は慌てて鴨の後についていく。ここに入った時のように、壁に向かって身体を傾けると、サッと視界が開いた先は四条の地下通路だった。

ようやく俺は大きく深呼吸する。……まだ怪異のにおいはするけど、さっきの部屋よりはずっとましだ。

「それで、鴨。帰る前に氷鬼と床を調べてたみたいだが、何か分かったのか？」

「ああ。上に出てから話そう。ここに居続けるのはよくない」

鴨は足早に歩き、適当な出口から階段を上って四条通りに出る。

俺達は人混みに紛れるように通りを歩き、寺町通りのアーケード街に入った。

「未の式神が夢見で教えてくれたように、月下香はあの部屋で、占いに来た客の魂を食っていた」

「うん」

歩きながら話す鴨に、俺は相づちを打つ。

「そん時、糸のようなものを呼び寄せて、女性の頭に植え付けてたやろ」

「あ、ああ。なんだろって思ったけど」

「あれは魂を繋ぐ精神の糸や」

前を向いて話す鴨に、俺は首を傾げる。

「精神の……糸？」

すると、氷鬼がひょいと俺の頭に乗って、朗々と解説してくれた。

「人間っていうのは、器と、魂と、精神によって構築されているんダ」

この場合、器というのは『身体』だ。

器に魂が入ることで、その人間は個を得る。個とは、人格だ。

そして、魂と器を繋ぐものが精神。

つまり、月下香がたぐり寄せていたのは、魂から紡がれる精神の糸だったのだ。

鴨は氷鬼の解説を聞いたあと、続きを話し始めた。

「じゃあ、新たな問題が出てくるやろ。その精神の糸は、どこから来たんやって話や」

「そ、そうだよな。魂なんて、その辺に転がってるわけじゃないし」

「せやから俺は、あの部屋の下に流れる龍脈を辿ったんや」

最後に床を調べていたのは、そのためか。

うーん、つくづく仕事ができるというか、てきぱき調査するヤツだな。もしかしたら
こいつ、警察官としても優秀なのかもしれない。

「それで、何か分かったのか？」

「ああ。俺も盲点やったんやけど。あの龍脈は、木屋町の廃ビルの地下にも流れていたんや」

廃ビル。

そのキーワードを聞いて、ようやく全ての事柄が繋がった気がした。

ここ最近、京都で騒ぎになっている、連続行方不明事件。

廃ビルでの目撃情報。しかし、その後の行方は辿れない……

「ま、まさか！」

「そのまさかや。月下香は、あの廃ビルに亡霊を集めて結界で封じ込めていた。そんで魂を食ったカラの器に、そこの亡霊を呼び寄せて取り憑かせていたんや」

背中に、冷や汗が流れる。

ドッドッと、心臓が早鐘を打った。

なんておぞましいことをしているんだろう。これが鬼の所業。俺が想像していたよりもずっと、鬼というのは悪辣な存在だった。

……俺は、運が良かったのかもしれない。氷鬼を始めとして、今まで遭遇した怪異はどれも、話せば分かるヤツだったのだ。

でも月下香は違う気がする。あいつは、そもそも会話が成立しない気がする。言葉は通じるのに、意志が通じ合わないような……そんな感じがする。

「なんで……そんなことをするんだろう」

がやがやと賑やかな寺町通りを歩きながら、俺は呟く。

「鬼に『なんで』と聞くんは、無駄やで」

「そうだナ。『楽しいから』と言われたら、それまでだからナ」

鴨も氷鬼も容赦ない。まあ、確かにその通りなんだろうけど。

どうしても疑問に思ってしまうのだ。あの鬼はなぜ、あんな回りくどい真似をしているのだろうと。

寺町通りから、交差点を渡って、木屋町通りに入る。

そして鴨は、ふいに足を止めた。

そこは、俺と鴨が初めて出会った場所。行方不明者の目撃現場。屋上に亡者を集めた——古い廃ビル。

「月下香の動きを、形代（かたしろ）に辿らせていたんやけどな」

「うん」

「あいつはどうも、占いの店はそこそこで閉めて、なにかを探しに行っとるようや」

「なるほド。オレたちがあの鬼の寝床を探っている間も、必死で探し物をしていたから、なかなか気づかなかったというわけだナ」

俺の頭の上でひじをついた氷鬼が納得したように言う。

あの部屋の中で、鴨に余裕があったのは、それが理由か。

「でも、彼女は何を探していたんだ？」

俺はそう問いかけつつも、頭の中で考えた。

今、月下香が必死に探している存在。俺たちよりも優先しなければならない探し物。

これまでの、彼女の言動を思い出す。

何か気になることを言っていなかったか。彼女が焦るような出来事がなかったか。

焦燥といえば、イレギュラーなハプニングだ。例外で、予期せぬ、偶然のこと。

「――あっ」

はたと思いつくのは、樫田の存在だった。

月下香にとって、樫田はイレギュラーだったのではないか？　だって、彼の魂はまだ食われていない。

どうして樫田の魂は無事だったのか。俺は、樫田との会話を思い出す。

そうだ、トウヤが言っていた。

──『影は僕の頭を掴んだ。その瞬間、頭の中から『何か』が引きずり出される感覚がした。僕はとっさに止めなきゃって思って、無我夢中でその『何か』に手を伸ばして』

「もしかして……」

口を手で押さえながら、呟く。

「あの地下室とこの廃ビルは龍脈で通じていて、月下香は必要な時にここの亡者の精神だけを引き寄せていた。でも、トウヤの魂は、精神の糸と一緒に地下室へ来てしまったんじゃないか？」

月下香が必死になっているのなら、彼女にとってのハプニング──樫田の魂の取り逃がしが起こったんじゃないかと思う。

「なるほど。おそらく樫田の魂が食われる前にトウヤの魂が身体に入ってしまったんやな」

鴫も納得したように頷いた。

「そして、トウヤは樫田さんの身体を独占しなかった。それどころか、月下香が樫田さんの魂を食らおうとしたところを止めて、逃げたんだ」

トウヤが言っていた。頭から『何か』が抜き取られそうになって、慌てて『何か』を引っ張ったと。その『何か』こそが、樫田の魂だったんだ。

「……亡霊は、自我を持たない魂や。自我は人という器に入ってこそ覚醒するからな」

俺に解説するように、鴨が静かな口調で話し始める。

「なぜなら、思考は脳の働きによるものやからや」

「あ、確かにそうだよな」

言われてみれば、魂だけの亡霊には脳がない。だから思考できないのだ。思考できなければ、自我は持てない。

「つまりトウヤは樫田の身体に入った瞬間、自我を取り戻したんや。そして、とっさに月下香に抗い、樫田の魂を守った。これは、並大抵の意志やないで。俺らやって、寝起きの瞬間はぼーっとするやろ」

死んで自我を失っていたトウヤがそれを取り戻した瞬間は、いわば人間が眠りから覚めた時と同じような感覚。

だけどトウヤはすぐに動いた。そして逃げた。きっと本人も、自分が何をしているのかわからなかったに違いない。

無我夢中だったトウヤは逃げ出したあと、前後の記憶が曖昧になってしまった。

そしてふらふらと蛸薬師(たこやくし)通りを歩いていて――クレープ屋が目に入ったのか。

「だから月下香は探しているんだな。樫田さんの魂を食う……というよりは、口封じのために」

「ああ。『蛸薬師の占い師』が実は鬼で、件の連続行方不明事件に関わってるとバレたらもう隠れて魂が食えへんし、各地におる陰陽師も本気出して動くやろうしなあ」

月下香は強い部類の鬼とはいえ、プロの陰陽師が束になって襲いかかってきたら、さすがに打つ手はないのだろう。

「だが、カシダの居場所が見つかるのは時間の問題じゃないカ？　アイツが道端で倒れて救急車で運ばれた話は、ほどなく耳に届くだろうシ」

「ふむ。あの鬼を退治するなら、逆にチャンスかもしれへんな」

氷鬼がもっともなことを言った。

「待ち伏せする……ってことか？」

俺が言うと、鴨が「うむ」と頷く。

「樫田には悪いけど、どうせ命狙われてるんやしな」

確かに。本人は怖がるだろうけど、我慢してもらうしかないか。でも、待ち伏せするって具体的にどこでするんだろう？

まあ鴨のことだから、何か考えがあるのかな。

俺はあまり深く考えず、鴨と一緒に病院へ向かった。

第三章　地獄へ沈む者に差し伸べる手

結論としては、まさか、まさかの、不法侵入である。

「まじかよ。信じられねえ」

俺は病室の隅に身を潜め、頭を抱える。

鴨が言った待ち伏せは、病院の前で時機を窺うとか、何らかの術を使って月下香を逆探知するとか、そういうことではなく、樫田の病室で身を隠して待ち構えるというシンプル極まりないものだった。

というか、いいのか？　病院ですよ、ここ。入院患者とかいるし、医師や看護師も働いているし、あと夜中でも見回りがある。そして面会が終わった今の時間、樫田の病室で待機している俺達は、どう考えても不審者である。

「どのみち月下香は樫田を見つける。街中で戦って被害出すよりは、ここで決着つけたほうが被害も少ないやろ」

「まあ、街中でドンパチするよりは、ここのほうがましかもしれないけど……」

でもやっぱり大丈夫なのだろうか。万が一、看護師などに見つかったら、怒られるだけでは済まない気がする。

「大丈夫。オトリの形代をいくつか飛ばして月下香を誘導してるし、結界も張った。駒田の防御霊符も使わせてもろたから、樫田の病室に限れば滅多に壊れへん」

鴨は自信満々だ。でも俺の霊符は……自分で言うのもなんだけど、あまりアテにしないほうがいいと思うけどなあ。

俺は夕飯代わりのコンビニおにぎりをもそもそ食べつつ、ベッドの上で緊張の面持ちを浮かべる樫田に声をかけた。

「怖いかもしれませんが、俺はともかく鴨の腕は確かなので、安心してください」

果たしてこんな言葉で安堵してくれるのだろうか。そう思いつつも、放っておくわけにもいかない。すると樫田は、意外としっかりした顔つきでこちらを見た。

「確かに怖いし、不安もあるけど、俺はどちらかというと……あんたらみたいのがおることにめっちゃ驚いたわ。正直『陰陽師』なんて、ほんまにおるとは思ってなかったし」

なるほど、そりゃそうだよな。樫田の反応は、むしろ普通だ。

今時陰陽師なんて流行らないのである。いや、流行の問題ではないのだが、陰陽師はすっかり伝説と化していて、今や小説や漫画の世界にしかいない存在なのだ。武士や貴族と同じような感じなのだ。

　そんなのが現代社会に実在していて、しかも怨霊や鬼を相手に戦い、退治しているなんて、誰が信じるだろう？

　でも、少なくとも樫田は信じてくれた。トウヤという亡霊が自分に取り憑いていることで、そういう摩訶不思議な現象があることを身をもって理解したからかもしれないけど。

　時刻は、午後九時。そろそろ病棟は消灯時間だ。俺は見回りに来る看護師から身を隠すため、アイボリーの麻布を被って身を隠す。

「——そういえば、鴨。ちょっと疑問に思ったんだけど」

　ぽそぽそと小声で話しかけた。俺の向かい側でカーテンの裏に隠れている鴨が「なんや」と言う。

「月下香が、今世間を騒がす連続行方不明事件の犯人とするなら、あいつが魂を食い始めたのは二ヶ月前からってことなんだよな？」

「そういうことになるな」

「じゃあ、それまでの月下香は、魂を食べてなかったってことなのか？　あいつは四条に来る前は、どこにいたんだろう」

すると、俺の隣で三角座りをしていた氷鬼が少し悩むように「ん〜」と窓を見つめる。

「常夜の国にいたのではないとすると、やっぱりどこかに封印されていた線が濃厚だナ〜」

「封印……ああ、塚のことか」

お昼に木屋町通りで話していたことだ。月下香は塚に封じられていて、塚を壊した人間に憑依したのではないかという可能性の話。ここに来て、一気に現実味を帯びてきたけれど。

「神を祀る社ではなく、厄を鎮めるための社。そういうところにはだいたい鬼や災いが封印されていル。普通なら、勝手に解けることはなイ」

「——人為的に封印が壊されない限りな」

氷鬼の言葉を補足するように、鴨が言った。

「やっぱり俺には理解できないな。なんでわざわざ、そんなことするんだろう。今までにも、こういうことはあったのか？」

「もちろん。過去に何度も、人の手によって怪異は引き起こされている」

「人間は愚かだからナ〜」

氷鬼がけらけら笑った。

「神頼みが効かないなら、鬼頼みってやつだヨ。神様は何もしてくれないが鬼なら助けてくれると思う人間が、なぜか一定数いル。そんなわけないのにナ」

　心底面白そうに笑う氷鬼は、そういう人間を嘲笑しているようにも、あるいは心から面白いと思っているようにも見えた。

　そういえば、氷鬼って人間のこと、どう思っているんだろうな。

　愉快なオモチャだ、くらいは言いそうだ。

「二ヶ月前に月下香を解き放った人間、か。その人間は身体を乗っ取られたあと、どうなってしまったんだろう」

「さア？　少なくとも、今もうこの世にはいないだろうけド」

　氷鬼があっさり言って、鴨も同意する。

「封印を解かれたばかりの鬼は空腹だ。まず間違いなく、目の前の人間の魂を食うやろな」

「そっか」

　確かに、普通は食べるよな……

　でも、どうしても気になるんだ。月下香の行動。鬼としては回りくどい食事の方法。妙な意志を感じる。それも、酷く邪悪な方向で。

　そもそもあの鬼はどうして、占い師という体で人格変成などという『救済』を行っていたのだろう。

俺はその疑問がどうしても気になっていた。喉の奥に魚の小骨がひっかかったような感覚だった。

果たして月下香は、今夜ここに来るのか、来ないのか。

絶対来ると、鴨は断言した。

なぜならあいつが目の敵にしているターゲットが、ここにふたりもいるからだ。

あの鬼は、占い屋で俺を睨んで許さないと言っていたし、そして樫田を探していた。

鴨はオトリの形代を放ったみたいだし、間違いなく来るんだろう。

とはいえ、具体的に何時に来るかはわからないのである。

そして、寝ずの番は俺には向いていないようだった。深夜0時を過ぎるころにはウトウトと眠気を覚えてしまう。必死に抗い、寝ちゃだめだと自分を叱咤した。

樫田を守らないといけない。

防御の結界なら得意なんだ。

だから、襲われたらまず最初に、樫田に霊符を使って……

そう思っているのに、とろとろと甘やかな眠気が襲いかかってくる。

——多分、正直に言えば、時々寝ていたんだと思う。ウトウトしたり起きたりを繰り返して、頭の中は霞がかったようにぼんやりしていた。今が夢なのか現実なのか、曖昧だった。

そんな時。

俺の向かい側で、鴨と氷鬼が何やら小声で会話をしているのが見えた。

作戦でも練っているのだろうか。それとも、これは夢なのだろうか。

まどろみの中、彼らの声が聞こえてくる。

「――定番としては、丑三つ時か」

「鬼が一番元気な時間だからナ」

「龍脈も近いし、樫田か駒田の精気を辿ってるやろなあ」

「うむ。守ることにかけては、ナルキは一級品だ。多少の大けがも治せるし、オマエは骨折も内臓破裂も遠慮なくするといいゾ」

「さすがに内臓破裂は即死するわアホ。……そうや、いい機会やし聞いとこ」

鴨がなにかを思い出したように話題を変える。

「氷鬼。お前は月下香より強い鬼やな。だが、どこかの社に封印されていたのではなく、大昔からこの世に顕現し、人の世を眺めてきた悪鬼。……そうやろ？」

氷鬼は何も答えなかった。ただ、なんとなく彼は微笑んだのではないかと思う。

「そうだナ。さすがに、千年間もただ眺めていたわけじゃないゾ。それだとオレ、単なる暇人だからナ」

鴨が呆れたようなため息をつく。

「人間に迷惑さえかけんかったら、千年暇人でも俺はええけどな。ていうか、千年ってマジなんか」

「うむ。ナルキに会うまでは、山で瘴気化してたから、自我はなかったがナ。本能のままに、時折山に迷い込んだ人間で遊んだりしてタ」

氷鬼の言葉を聞きながら、俺はなんとなく思い出す。彼との出会いを――

きっかけは、いつも通りの、姉の依頼。

占い師をしている姉のところには、しょっちゅう怪談話が舞い込んでくるのだ。そして占いで怪異だと見抜くと、俺にどうにかしろと依頼してくる。

その時の話は、とある山に存在するという、迷い石の話だった。

富士の樹海が有名だが、この国にはいくつか、原因不明の迷いやすい場所がある。その山もまた、遭難者があとを絶たないことで有名だった。そして、山に近づいただけで気分が悪くなったり、摩訶不思議な体験をしたりする者も多く、昔から鬼の棲む山として恐れられていたのだと。

オカルトファンの間では、ちょっとした噂になっていた。

曰く、その山には迷い石というものがあり、石の近くに入り込んだ人間は、方向感覚が狂ってしまうのだそうだ。

その迷い石を探してほしいと姉に言われた俺は、渋々、件の山に赴いた。

確かにその山は異様で、生臭いにおいが立ちこめていた。その頃には、これが怪異の証だとなんとなく気づいていて、迷い石があるかどうかはともかく、この山には『何か』があると、直感していた。

そして俺は、においを辿るように山の中を歩いて――

霞の姿をした鬼、氷鬼に出会ったのである。

「鬼はいくつかに分けられル。まずは常夜の国に棲む鬼。例えば閻魔の部下を務める鬼だナ。鬼コミュニティの中では比較的エリート層に入るゾ」

「鬼にエリートという概念があるのが驚きやわ。どこまでほんまの話なんやら」

鴨が疲れたように言う。

俺もそう思う。氷鬼はけたけたと笑った。

「それから、この世に封印されている鬼。かつての陰陽師が祓いきれなかった強い鬼を苦肉の策で封じ込め、社を作って祀られた鬼ダ。きちんと祀られてる間は大人しいけど、社が放置されたり、塚が壊されたりすると、封印が解けてこの世に現れることもあル」

「月下香がちょうどそんな感じの鬼か。……長いこと閉じ込められていたんやから、まあ、人間に対する恨みが一番強いと言えるかもしれへんな」

「その通りダ。あとは、オレのようなタイプ。自然現象が変わり果てた鬼。災害そのものであり、人間にとって最も忌避すべき厄災ダ」

「自然――現象」

鴨がぼそりと呟く。

「いにしえから、河の氾濫や地震などによって、人間社会は何度も困難に遭ってきタ。そうして人間は、自然災害そのものを忌避し、神に祈祷するようになっタ。嵐が起きませんようニ。穏やかな気候に恵まれますようニ。……だが、その祈りが、逆に鬼を作り出してしまっタ。来てほしくない現象を、人は鬼として見るようになったからダ」

その一柱が、氷鬼。

凍える寒さと、飢えと、雪崩を起こす山の災害。

「聞けば聞くほど、脅威を感じる。駒田のヤツはよくお前なんかを説得したな」

「ほんとだよな~オレもそう思ウ」

気楽な調子で同意する氷鬼に、鴨はまたため息をついた。

「実際、どうなんや」

「ん？」

「お前ほどの鬼が、無償で人間の式神になるとは思えへん。式神は、悪くいえば陰陽師の小間使いやぞ。やっぱり、駒田に内緒で内臓の一個や二個は盗み食いしてるんとちゃうか」

「はははっ、面白いことを言うナ～。いや、それもいいナ。ナルキに気づかれないように、少しずつ内臓を盗んでいって……どれくらいで気づくかナ。どれくらいで死ぬかナ。ギリギリを攻めていくの、絶対に楽しそうダ」

けらけら、けらけら。

背筋が寒くなるような恐ろしいことを、氷鬼は笑って言う。

冗談なんかじゃないのは、これまでのつきあいでわかっていた。この声色は本気だ。

氷鬼は本当に、俺をそういうふうにして遊ぶのもアリだと思っている。

ざわりと、あたりに冷たい殺気が立ちこめた。

「お前……やっぱり……」

鴨の殺気は、研ぎ澄まされた刃のようだ。しかし氷鬼はまったくひるむ様子はない。

「待て待て。そんなつもりはないから霊符を仕舞エ」

「嘘つけ。信じられるか」

「本当だっテ。オレにはもっと魅力的な楽しみがあるからナ」

氷鬼が明るく言う。ほんのりと、鴨の殺意が薄まる。

「それ、前も言ってたな。楽しみってなんやねん」

「ん～ご想像にお任せダ！　……待て待て、式盤を片付けロ。まったく、カモをからかうのは命がけだナ～」

「くっ……ほんまに、今すぐ祓ってしまいたいわ」

「本命と戦う前に疲弊するのは、陰陽師として良手とは思えんゾ」

氷鬼は軽口を叩いたあと、軽く息をつく。

そして、静かな口調で言った。

「オレはなあ、アイツの善性を、最期まで見届けたいんダ」

「……善性？」

「力がなくても誰かのためになりたいと思い、足掻く様。何が相手でも、理解できないことを理解しようと努力する様。オレはアイツに説得される中で、ヒトの善性を見た。アイツの生き方はオレにはまぶしイ。そして微笑ましくて、実に好みのものだっタ」

氷鬼は立ち上がる。病室から窓を見上げ、その向こうにある月を見つめた。

「ゆえに、最期まで見届けてやろうと思ッタ。これからの人生、陰陽師として生きるなら、必ず綺麗事だけでは済まないことがあル。アイツの善性が揺らぐ時が必ずくル。――それでも、あの善性を貫き通せるのか、それとも妥協して悪性に堕ちるのか、オレはそれを見てみたイ」

「……それが本当だとして、駒田を最期まで見届けたあとはどうするつもりなんや？」

鴨の質問に、氷鬼は「ふふ」と笑った。

「その時は大人しく還ってやるヨ。常夜の国にナ」

「駒田には、最期まで何も悪さはしないと？」

「ああ。ナルキの身体は絶対に傷つけない。イタズラ心で内臓を抜き取ったりもしないから、安心してくレ」

今度の言葉は、冗談半分で言ったようだった。しかし本心だと通じたようで、鴨は呆れたようなため息をつく。

「――わかった。信頼はできんけど、その言葉は信じてやる」

「裏切った途端に、式盤に封じられた式神全部だして滅ぼされそうだナ～」

「当たり前やろ。塵ひとつ残らないと思え」

いつも通りのギスギスした雰囲気に戻って、ふたりはしばし黙り込む。

――今は、何時くらいだろう。

ウトウトした強い眠気が、再び俺に襲いかかった。今度は抗うことができなくて、俺は誘われるように眠りに落ちた。

――パリン、パリン。

どこかで、何かが割れる音がする。

「ん……？」

俺はどれほど寝ていたのだろう。ようやく意識がはっきりして、俺は眠りから目を覚ました。

パリパリ。ガシャン。

やっぱり聞き間違いじゃない。どこか遠くで、何か音がしている。

「鴨、氷鬼」

立ち上がって声をかけると、ふたりもすでに起きていて、すばやく動いた。

「あ、あの、俺は、どうしたら」

樫田がベッドの上でアワアワしている。俺はポケットから霊符を取り出すと、彼に渡した。

「これは身を守るための霊符です。一番強力なやつだから、樫田さんはこれを握って待機していて下さい」

俺がそう言うと、樫田は顔を青ざめさせながらも、霊符を握りしめてコクリと頷いた。

「念のため、トウヤは出てこないように。霊符は亡霊にも反応するから、トウヤが樫田さんの身体を操った瞬間、発動するかもしれないので」

「わ、わかった」

樫田が頷くのを見たあと、俺は病室の入口近くに待機する。

向かい側には鴨。窓の近くに氷鬼。

ヒタ……ヒタ……

耳を澄ますと、廊下を何者かが歩いている音が聞こえた。

「ええか、駒田」

鴨が小声で話しかけてくる。

「俺は祓い(はら)の一手で攻めていくから、お前は守りに徹しろ。自分にできることだけを考えるんや。できんことを無理にやろうと思うな。その無理は、現場では命取りになる」

「……わかった」

悔しいけど、俺にできることは守ることと、治すことだけ。鴨の役に立とうと無茶をすれば、かえって迷惑をかける。

そういうことだ。怪異祓いは一歩間違えると命を脅かす。自分のミスで鴨がピンチになることだけは避けないと。

鴨は俺に頷き、慎重にあたりを見回した。

「そろそろ来るで」

奇しくも——あるいは狙っていたのか。腕時計を見ると、丁度丑三つ時。

静まりかえった病室に、ひたひたと、ずるずると、不審な音が近づいてきた。

やがて、あのにおいが漂い始める。

内臓の生々しいにおい。気分が悪くなる——怪異のにおい。

ふと気づくと、廊下から聞こえていた音が止んでいた。どうしたんだろうと思った瞬間、病室の床に何かが『いる』ことに気づく。

「……っ!」

ザワッと戦慄する。

それは顔だった。床から、顔が生えているのだ。目と、鼻の途中まで生えてきた顔は、その目をぎょろぎょろと動かし、やがて俺と目が合う。

「見ツけタあ」

口は見えないのに、それはニヤリと笑った気がした。

「駒田、身を守れ！」

鴨から咄嗟（とっさ）の指示が飛んできて、俺は無我夢中で霊符を握りしめる。

「急急如律令――急急如律令！　我が身を災厄から守り給え！」

人差し指と中指で印を切り、目の前に碁盤の目が現れる。

その瞬間、俺の首めがけて鎌のようなものが襲いかかった。霊符は守りの結界を発揮して、その鎌の動きがガチンと止まる。

――否。鎌と思っていたものは、鬼の腕だった。

「……チッ」

ずぶずぶと床から這（は）い出てきた鬼――月下香。彼女は自分の腕をもぎ取って、ブーメランのように俺の首めがけて投げたのだ。

「ふふ、なんでもありだなア。もう少しスマートに戦えないのカ？」

いつの間にか俺の傍にきていた氷鬼が、防御結界に阻（はば）まれてガクガクしている腕を掴み取る。そして肘（ひじ）の部分を軸にして、逆方向に折った。

ぼきり、と嫌な音がする。

「ふむ。腕の付け根から身体を生（は）えさせることはできないのか。なんとも中途半端な身体だな。本当に封印されていた強い鬼なのカ？」

氷鬼は興味を失ったようにポイッと腕を投げた。それをキャッチした月下香は、乱暴な仕草で肩にくっつける。

ぞぶり、ぐちゅり。気味の悪い音をさせながら腕と肩を接合して、彼女は何事もなかったかのように腕を動かした。折れた肘もすっかり元通りになっている。

「ふん。まだ馴染まないだけのこと。あと数ヶ月も経てば、完全に鬼の身体になれよう」

その言葉に、氷鬼がニヤッと笑う。

「やっぱりカ。お前は封印が解かれた時、魂の状態だっタ。ゆえに、封印を解いた人間を食ったのではなく、身体を乗っ取ったのだナ」

俺は目を見開いた。魂の状態で、身体を乗っ取る？　ということは、月下香の身体はまだ人間なのか。

「不思議に思っていたんダ。鬼として蘇り、人間の魂を食いたいだけなら、好きなように狩って貪ればよイ。なのにお前はそれをせず、なぜか占いという商売を始めて、客をわざわざ寝床に連れて行き、コソコソ魂を食っていタ」

それは、なぜか。

俺がずっと違和感を覚えていた、疑問だ。

「鬼はヒトの魂を好むが、人間の身体では魂を食えなイ。だから、龍脈で鬼の力を増幅し、一時的に人間の身体を『鬼化』させて、魂を食っていたんダ」

その指摘に、月下香は赤い唇を醜く（みにく）ゆがめて笑う。それは、肯定を表していた。

「そう。確かに、この身体にはまだ人間の機能が残っている。でもそれは、ワラワが力不足だからではない。ワラワは自分の意志で、あえてこの人間の身体を乗っ取ったのよ」

うふふと笑って、月下香は愛おしそうに自らの身体を触った。

「身体の持ち主の魂ももちろん無事よ。ワラワの中にいるわ。意識もしっかり残してある。どうしてそんなことをするのかって？　己の身体がじわじわ鬼化していき、己の口で人の魂を食らう――その感覚を味わってもらいたいからよ」

ふふふ。うふふふ！

月下香は、楽しくて堪らないと言わんばかりに笑い出した。

「ねエ〜聞いて？　すごく面白い話。この身体の持ち主はね、能なしのエセ占い師だったの。それでね、周りにバカにされてコケにされて、それでも自分は誰かを救えるはずだなんてありもしない夢を見ちゃって。コイツはワラワのところへきた。ウフッ、そうすれば霊力を得られると信じたのよ！」

ゲラゲラとおかしそうに笑う月下香は、すでにもう占い屋で最初に見たような、美しい顔立ちはしていない。巨大化して俺を襲う時に見せた、醜悪で吐き気のする顔。口からだらだらとよだれを垂らして、血走った目をギラギラさせていた。

「霊力を得て、本物の占い師になれますように。誰かを助けられますように。そう願いながら、コイツはワラワの封印を解いた！　だからね〜だカらネ〜！　ワラワは願いを叶えてあげることにしたの。だって鬼だって、人を助けちゃいけないなんて決まりはないものね？」

そう言って、彼女が目を向けたのは、氷鬼。

殺意をみなぎらせる月下香の視線を、氷鬼は涼しく受け流した。

「へ～、それで？　ソレがお前の『救い』なのカ？」

「そうよ！」

月下香は、自分の胸をバシッと叩く。

「ワラワの力をもってすれば、人間が抱えるくだらない悩みはいくらでも見通せるわ。その殆(ほとん)どが『理想の生き方ができない』というものだった。だからワラワは思いついたの。そんなに理想の生き方をしたいのなら、理想の人格になればいいじゃないって」

怒りっぽい人は、穏やかな人格を。

気弱な人は、強気な人格を。

月下香は、人が心の底に持つ『こんな性格になりたい』という望みを引き出し、形にした。――たくさんの亡霊を一ヶ所に集めて、理想の性格を持つ亡霊に憑依させたのだ。

「ほんと名案だと思わない？　亡霊なんてそのへんにいるから、掻き集めるのは楽だったわ。魂と器を馴染ませるのにちょっと時間がかかるのが難点だけどね」

「……あ～、そういう、ことか」

俺は額を手で押さえた。

あの廃ビルの近くで行方不明者が目撃されて、そのあとの足取りが消えていること。

月下香は、魂を食った器に亡霊を憑依させたあと、その身体と魂が完全に同化するまで、あの廃ビルに監禁していたのだ。

彼女の信奉者は、同化が終わった元亡霊が別人として生きているということだろう。

「ワラワの中にいるコイツは、人間の魂の味を知り、指の先から段々と鬼になっていく感覚をライブで味わっているの。ねえ、どんな気分かしら。魂が腹の中で暴れて泣きわめく声を聞いて、ウフフッ、自分の顔が醜くなっていく様を見て、ひヘヘッ」

悪趣味だ。おぞましいほどの悪意だ。

俺は気分が悪くなって、顔をしかめる。

だが、その時、上機嫌に話していた月下香の顔が醜く歪み、己の顔を手で押さえた。

「ア、ぁ、ああ、ああウ、ヴ、アァア！」

激しく首を振り、長い髪がバラバラと散る。

「ち、ガう、チガウ、チガウチガウチガウ、ワタシ、こんなの、のぞンで、ナんカ」

まるで慟哭のような嘆き。魂がすり切れたような声。

月下香は頭を抱えたあと、大きく腕を振りかぶった。

「ウル……さい！」

そのまま、拳を己の額に打ち付ける。

ゴッ、と鈍い音がして、月下香の動きが止まる。

もしかして、さっきの言動は……、月下香に乗っ取られた人間が表に出てきたのか？

鬼の月下香は、それを力尽くで引っ込めた。

つまり、元になった人間は、ちゃんと無事に生きている？

俺の頭の中で、ひとつのアイデアが閃く。しかしそれを試す間もなく、月下香は元の調子を取り戻し、けたけたと狂ったように笑った。

「あはハ、あハハア。ワラワは無敵の鬼よ。誰にも負けぬ。誰にも止められぬ。人間なんてワラワにとってみれば虫のごとく弄び、戯れに殺すものよ。おまえも、オマエも、簡単には殺してやラナい。細切れにして、惨たらしく、苦痛を感じながらじわじわと死ネェ！」

「――長々と話してくれてどうもおおきにな。おかげでこっちは準備万端や」

冷たいほどに静かな声がする。

ハッと月下香が振り向いた先には、コートのポケットに手を突っ込む、鴨がいた。

「鴨怜治の名において命ずる。黄昏(たそがれ)の幕は閉じ、宵闇より来(きた)れ夜風の精、ここに顕現せよ」

ポケットから出した手には、大量の折り鶴――

「形代(かたしろ)、展開！」

鴨が口にした途端、折り鶴が意志を持ったようにぱたぱたと羽を広げ、月下香めがけて飛び出した。

「コンな紙切れがどウレタ！」

月下香は占い屋の時と同じように、グンと巨大化する。そして力任せに腕を振り、折り鶴の形代(かたしろ)を薙(な)ぎ払おうとした。

しかし。

「うゥっ⁉」

ぱたぱたぺた。月下香の太い腕に、色とりどりの折り鶴がくっついていく。

「飛べ――」

鴨が、低い声で命令を下した。すると、折り鶴のくっついた彼女の腕が高く上がって、そのまま病室の窓めがけて突進していく。

「な、な、なぁアぁア⁉」

抗えない月下香はそのまま窓にぶつかった。ガシャンと派手な打音がして窓が割れ、彼女の身体が空中に放り出される。

ここは四階。月下香は、重力に任せ落下していく。

「うわ……」

俺は窓から下を見て、唖然とした。地面に落ちたくらいで彼女がどうにかなるとは思わないが、間違いなく相当のダメージを受けているはずだ。

「時間稼ぎ、ご苦労様」

俺の隣に来た鴨が、そんなことを口にする。

「じ、時間稼ぎ？」

「うむ。とくと褒めていいゾ」

氷鬼がえっへんと胸を張った。

……あ、もしかして、月下香が自分のことを長々と語っていたのは。

「氷鬼が時間稼ぎのために、聞き出していたのか」

「そういうことだ。ついでに良い情報ももらえて僥倖だったナ」

「ああ。悪辣極まりない理由やったけど、あの鬼の身体にはまだ人間の部分が残っている。つまり、完全な鬼よりも御しやすいということや！」

　そう言って、鴨はコートをばさっと脱ぎ、割れた窓に足をかけた。

「それに、あいつの腹の中に食った魂が残っていたなら、行方不明者も助けられるかもしれへん。俺は先に行くから、お前は階段使ってゆっくり降りてこい」

「え？」

　まさか鴨、ここから飛び降りるつもりか？

「危なっ」

　思わず止めようとしたが、その前に鴨は持っていた式盤を掲げる。

「出でよ、式盤に封じられし式神。五行は木の神、吉の将。陰の気を孕むは前三の卯。優しき慈愛のまなこは、ここに有り」

　まじないを唱えた瞬間、式盤がカッと光った。そして現れたのは――

「卯の式神～ここに降臨～っ」

　……場違いなほど、高くきゃぴきゃぴした声が響く。

　俺は色々な意味であんぐりと口を開けた。現れたのは、ウサギのような耳が頭についいた、着物姿の可愛い少年だった。年齢的には氷鬼と同じくらいだろうか。

「か、鴨」

「何も言うな」

「それ、まさか趣味」

「なわけないやろ！　最初から、こいつはこうなんや！」

眉間にビシッとチョップを食らった。

「あーもう。とにかく、俺は先に行くからな。卯の式神、俺を連れていけ」

「あいさあーっ」

綿毛かというほど軽い返事をして、卯の式神は鴨の背中にぴょんと飛び乗った。その瞬間、鴨は窓枠を蹴って外に飛び出す。

……よくわからんが、式神がいるなら少なくとも落下死はしないんだろう。

それにしても。

「鴨って、見た目の割に可愛い術ばっかりだよな……」

よく考えてみると、折り紙を折って形代にする術は見た目が可愛いし、契約している式神も、未に卯と、どっちかといえば可愛い部類だ。俺の想像では、式神ってもっと威厳があって恰好よくて、白虎とか朱雀とか青龍とか、でかくてスゴイのばかりだと思っていた。

でも、間違いなく本人の趣味ではなさそうだなあ。指摘したら怒りそうだ。

いつも眉間に皺を寄せて難しい顔をして、ハーフコートを羽織る姿がハードボイルドっぽい彼にしては、使う術にギャップがありすぎる。

「よし。ともかく、俺達も下に降りよう」

「カモと式神みたいに、オレもナルキを掴んで空中ダイブしてやろうカ？」

「う……。それはちょっと試してみたいけど、氷鬼は面白がって俺をビビらせそうだからやめとく」

地面ギリギリまでスピードを落とさず、激突する直前でピタッと空中停止――くらいはするのだこいつは。

じろりと氷鬼を睨むと「ばれたカ～」と、悪びれない笑顔を浮かべた。

俺たちは非常階段である外階段を使って一階まで一気に駆け下りる。

そこは広い駐車場だった。深夜だからか、車は殆どない。駐車場の四隅には街灯のような照明が点いており、対峙する鴨と月下香の姿が浮かび上がっていた。

「……く、く、ウ、グ……っ」

涼やかな鴨に比べて、月下香は満身創痍という出で立ちだった。相当強く身体を打ち付けたのだろう。駐車場のアスファルトが派手に凹んでいる。

そして、腕だけではなく、身体全体にあの折り鶴がくっついていた。

「飛びあがって落ちろ」

鴨が冷徹な声で命令する。

「やっ、ヤメ……っ！」

月下香が悲鳴を上げる間もなく、その身体は操られたように空へ浮かんだ。そして、思い切り地面に激突する。

「ガッ！　ア……ごふっ」

口から、目から、血が迸る。鋭いナイフのような牙は折れ、腕も足も折れ曲がった。

「卯の式神。肺を潰せ」

「あーいっ！」

明るすぎる返事をした卯の式神はぴょんと軽く跳躍すると、震えながら身体を起こそうとする月下香の胸めがけて蹴りを入れた。

可愛くて軽やかな言動とは裏腹に、ドゴッと重い打撃音が辺りに響く。

「ギャア！　ウアあ、ヤッ」

肺を潰され、月下香は胸を両手で抱きながら悶え苦しむようにゴロゴロ転がる。

――ちょっと、やりすぎじゃないか。

あまりに痛々しいので思わず顔が歪むが、これが本当の、陰陽師と鬼の戦いなのかもしれない。

自分が今までしていたことが、いかに甘っちょろいものだったのか、むざむざと思い知った気がした。

そんな俺の表情を、氷鬼が興味深そうに見上げる。

「そろそろ仕上げやな」

散々月下香を痛めつけた鴨は、右手の人差し指と中指を合わせて九字(くじ)を切る。

鬼を弱らせてから祓(はら)う。もっとも確実な退魔の手段だ。

「臨兵闘者――」

鴨の口から静かに紡がれる、まじないの言葉。

これで終わる――と、俺は思った。しかしその瞬間、月下香はバッと手を上げ、自分の首に爪を突き立てた。

「待てエ！　きさマら、この女の命が潰(つい)えてモいいのか⁉」

その言葉に俺は目を見開き、鴨のまじないの声が止まる。

「ワラワが今、コノ首を切り落とせば、ワラワが取り憑(つ)いたこの女は間違イなく、し、シ、死ぬぞ」

息を呑む。

正しい陰陽師はどうするのが正解なんだろう。俺はきっと正しくない陰陽師だから、助けたいと思ってしまう。

鴨は冷徹だった。言葉が止まったのは一瞬で、すぐに残りの九字(くじ)を口にしようとする。

だが──

「ハはっ、遅いわ！」

血を吐きながら、月下香は地面に手を当てた。すると、遠くの場所でパンッと破裂音がする。

慌てて辺りを見回すと、四隅にあった照明が全て壊れて、あたりは真っ暗になった。

「しまった。氷鬼！」

声を上げると、近くで「ナルキっ」と氷鬼の声が聞こえる。

「気をつけロ。精神攻撃がくるゾ！」

「え、精神……攻撃？」

「己の秘めた願望に、心の奥に隠した醜悪な欲望に、耳を傾けるな、ナルキ！」

最後に氷鬼の忠告めいた声が聞こえて──俺の視界は闇に堕(お)ち、耳が潰れたように何も聞こえなくなった。
りぃん、りぃん。
闇に堕ちてから、どれくらいの時が経ったのか――
俺の耳にようやく、何かの音が聞こえてきた。
りぃん、りぃん。
鈴の音。綺麗で透き通った音。聞き入ってしまいそうなほど安心する音――
耳をすませば、どこか遠くから、他の音も聞こえてきた。
これは、鴨の、声か。
――成喜、成喜！
必死に俺の名を呼んでいる。祈るように、叫ぶように。
――しっかりせい。自分を持て。己の闇を、見るな！
助言だろうか。一生懸命、俺に訴えている。何かを伝えようとしている。
だけど意識は、俺の意志に関係なく、どんどん遠ざかっていって。
最後には、鈴の音しか聞こえなくなった。
りぃん。

ああ、思い出した。この音は、うちの神社で聞いたことのある音だ。父が祈祷（きとう）する時に使う、たくさんの鈴がついた神楽鈴（かぐらすず）。

視界が少しずつ開いていく。俺の足元からなにかが見え始める。

最初に目に飛び込んできたのは、大量の血。

とろとろと慎ましく、だらだらとみっともなく、血の池が広がっていく。

その真ん中に倒れているのは、俺の父。腹が割（さ）けて内臓が飛び出ている——残酷ななれの果て。

政府関係者や芸能関係者からも引っ張りだこだった、確かな実力を持つ陰陽師、駒田明陽（はるひ）。

彼は死んだ。俺や姉に何も残さず、手がかりすら残さず、突然この世から去ってしまった。

母は発狂し、後を追って首を吊（つ）った。

父と母をほぼ同時期に失った俺たち姉弟に、世間はあまりに無関心だった。

俺に父ほどの才能があったなら、そうはならなかっただろう。

でも現実、俺には陰陽師としての才能がなかった。身を守る術を持っていても、怪異を祓（はら）えない陰陽師なんて役立たずもいいところだ。

俺は……とことん無力だった。姉に養ってもらわないとメシすら食えない穀潰しだった。

まだ未成年だったんだから仕方ない、と自分に言い訳しながらも、俺は才能のない自分が大嫌いだった。

俺に、力さえあれば。

誰も無視できないほど、すばらしい才能があったなら。そう、鴨みたいに、圧倒的な強さを持っていたなら――

父は俺に優しくしてくれただろうか。母は俺を可哀想だと嘆かなかっただろうか。姉にもっと楽をさせてあげられただろうか。

――りぃん。

懐かしい鈴の音がする。そういえば、幼少のころの父はまだ優しくて……陰陽師としての祈祷術もいろいろ教えてもらったっけ。そんなことを思い出したら、俺の身体はいつの間にか子供の姿に変わっていた。

「私なら、その願い、叶えることができるわ」

甘くて優しい、鈴のような綺麗な声。

――『呪力はあるのに、どうしてお前はそんなに、術が使えないのか』

父の落胆したため息を聞くたび、この身が消えてなくなればいいのにと思った。

――『ごめんなさい。ごめんなさい。うまくやるから。次はやるから』

小さい俺はしゃがんでうずくまって、嗚咽を上げないように唇を引き結ぶ。でも、目から零れる涙は我慢できなかった。

そんな俺の肩を抱き、穏やかだった頃の母みたいな声が耳に届く。

「できないのではない。ただ、足りなかっただけ。だから補えばいいのよ」

まるでとても簡単なことだと言うかのように、声は明るく笑った。

「私は与えられるわ。私はお前を救うことができるわ。お前の身体に、腕利きの陰陽師の霊を憑依させてあげようねえ。なに、心配するな。お前の人格が変わるわけではないのよ」

甘く蕩けるような声。内緒話をするように、耳元で囁く。

「陰陽道の技量だけ、その身に憑依させるの。人間の言葉でわかりやすく言うならば『守護霊』だと思えばいいわ。その霊は生涯お前を守り、すばらしい術の才能を与えてくれるのよ」

それさえ手に入れば、何も怖いものはない。誰も俺を無視しない。

父と同じ立場を手に入れられる。陰陽師として成功できる。なんでもできる。

いや、だめだ。そんなのはずるい。卑怯な手だ。首を縦に振ってはいけない。

慌ててそう思い込もうとするけれど、俺の目の前に、父の後ろ姿が見えた。

――『もういい。駒田の陰陽師は、俺の代で最後にする。成喜、お前は……』

やめて、やめて。言わないで。父さん、お願いだから言わないで。

――『ゴミだ』

まるで死刑を宣告された瞬間のように、俺の視界は真っ黒に染まった。

――『お前はゴミだ。作るんじゃなかった。失敗作だ。俺の前から消えろ』

あの人が望む子供になれなかったから『僕』はゴミ。

あの人の思い通りになれなかったから『僕』は失敗作。

才能がないから、能力が足りないから、立派な陰陽師になれなかったから。

「僕は、失敗作。いらないんだ」

少年の俺はうずくまって唇を噛む。泣きわめいたら面倒くさそうな顔をされるから、意地でも嗚咽は上げない。でも、涙は止まらない。

ぽろぽろと零れて、俺の身体は涙の海に飲まれてしまう。

父は俺という失敗作には、陰陽道を教えてくれなくなった。

部屋の隅にある汚いゴミを見ないふりするみたいに、俺を無視するようになった。

それでも俺は諦められなくて、いつか認められたいと思って、夜な夜な蔵に忍び込み、独学で陰陽道を学んだ。

そうして、守りの術と治癒の術だけは、なんとか使えるようになった。

でも父が俺に望んでいたのは、退魔師としての陰陽師。怪異を祓うことができなければ、彼に認めて貰うことはできない。

血を吐くような努力を重ねても、身を削るほどの無茶をしても、できないものはできなかった。

「さあ私に望むのだ。それさえ手に入ればお前はなんでもできるのよ。父の死の真相を探りたいのでしょう？　みんなに認められたいのでしょう？」

優しくて魅力的な誘いに、心がぐらつく。

首を縦に振れば、すべてが手に入るのだろうか。

なにもかもうまくいく。父の死の真相を暴き、陰陽道の才能を手に入れて、正しい彼の後継者として生きて行く。夢のような理想の人生を歩むことができる。

俺は、『それ』が喉から手が出るほど欲しい――

心の中にずっと隠していた願望。醜悪でみっともない、だけど確かな俺の欲望。そして、いつかこうなりたいと願う、俺の夢。

少年の姿から、今の姿に戻った俺は、手で顔を覆う。

「ああ……」

きっと、月下香に魂を食われた人たちは、こんなふうに誘惑されたのだろう。

今の自分に満足している人なんて、そういるわけじゃない。殆どの人は、自分自身のどこかしらに不満を持って生きている。

そして『こんな人になれたらなあ』と、理想の自分を描き、夢を見るのだ。

いじめに打ち勝てる人間になりたい。パワハラに負けない人間になりたい。優しい人になりたい。才能を持った人になりたい。仕事のできる人になりたい。

さまざまな夢を、もっとも最悪な形で叶えたのが、月下香。

でも、こんな結果は望んでいなかったはずだ。だって、自分じゃない誰かが身体を乗っ取った時点で、その人の人生ではなくなるのだから。

それは、俺だって、そう。

たとえ俺という人格が消されなかったとしても、降霊で得た陰陽道の能力は、俺自身の力ではない。あくまで他人の力を借りているに過ぎないんだ。

それは、俺の望んだことなのか？

そんな方法で手に入れた力で怪異を祓って、俺は満足できるのか？

「……違うっ！」

ぐっと拳を握りしめた。地面をしっかりと意識して、足を踏ん張る。

そして耳をよくすませた。すると再び、別の音が耳に届く。

鴨が戦っている。

式神を使役し、形代を展開して、九字の印を切っている。

氷鬼も奮闘している。

すばやい動きで月下香の動きを翻弄しながら、式神と協力してツメを立てている。

帰らなければならない。無力でも、なんの役にも立たなくても。たとえ目の前に、どんな夢でも叶えてくれる魔法使いがいたとしても。あいつらのところに戻らないといけない。

……俺は夢を叶えたいんじゃないんだ。

目を瞑れば、鴨の後ろ姿が見えた。ああ、間違いない。彼は俺の理想。こうなりたいと心から思った姿。俺は鴨みたいになりたかった。父に認められたかった。母に愛されたかった。

けれど、今の俺は……、もうそんなことを望んではいない。

「俺は、そんなまがい物の才能が欲しいんじゃないんだ！」

大声で叫び、ポケットから霊符を取り出す。そして自分の胸にバシッと張り付けた。

「急急如律令――悪夢からこの身を守り給え！」

まじないを口にした瞬間、カッと霊符が光って効力が発動する。

そして目を開けると、そこは先ほどの駐車場だった。

「な……⁉」

月下香の驚愕した声が聞こえる。俺はすかさず鴨のところへ走った。

彼は片目を瞑って跪いていた。腕を怪我したのか、左手で右の二の腕を掴んでいる。

俺は鴨の腕に霊符を張り付け、まじないを口にした。

「――はっ」

瞬時に鴨は立ち上がる。少し驚いた表情で、腕をぐるぐる回した。

「大丈夫カ～！」

氷鬼がふわっと飛んでくる。その隣を卯の式神がぴょんぴょん跳ねて近づいてきた。

「オーケーオーケー。ドンマイ怜治！　完治回復！」

そう言って、式神はベシッと鴨の背中を叩く。どうでもいいけど、卯の式神って未の式神とまた違う意味で変わってるというか、妙にパリピなにおいを感じるのだが、気のせいだろうか？

「成喜、無事に戻れたんやな。良かった」

「悪い、迷惑かけちまった」

「誰もそんなこと言ってへん。……腕、おおきにな」

ふ、と微笑む。その表情が驚くほど優しかったので、俺は少し言葉に詰まってしまった。

しかしすぐに意気込む。

そうだ、今なら相談できる。さっき閃いたことを言っておかなければ。

「鴨、ちょっと提案があるんだ。俺に、あいつを説得させてほしい」

「はあ？　氷鬼と同じようにいけると思うてんのか。何甘っちょろいこと言ってんねん。無理に決まってるやろ。いい加減、鬼を説得しようと思うのは止め」

「違う違う！　そっちじゃなくて！」

俺は鴨の胸ぐらを掴み、ヒソヒソと耳打ちした。

「あー……、あー？　え、そんなんさすがに無茶やないか？」

「多少の無茶は覚悟の上だ。でも、このまま終わらせるのは嫌なんだ」

さっき俺に見せてくれた鬼と陰陽師の本当の戦い。俺にはできない、徹底的で容赦のない行為。

間違ってるわけじゃない。鴨は正しいことをしている。――だけど。

俺はどうしても我慢できない。何もしないで見ているだけなんて、できない。

「鴨なら、できるだろ？」

俺が憧れた、俺の理想そのものである陰陽師なら。

きっと——できる。

すがる思いでジッと鴨を見つめると、彼はばつの悪そうな顔をして頭を掻く。

「そんな捨て犬みたいな目で俺を見るなや」

「捨て犬ってさすがに言い過ぎじゃないか？」

「今にも『クーン』って鳴いて泣きそうな顔やった。ま、ええわ。もしお前がうまくやったら、こっちも合わせたる。ただし猶予は三分や。それ以上はお前の身が危ない」

「わかった！」

俺はグッと親指を立てた。「調子のええやつや」と毒づかれる。

よし、そうと決まれば行動だ。俺はポケットに入れている霊符をすべて取り出した。

防御結界の霊符はあと三枚か。一番いいやつは樫田にあげたから、残りの霊符でがんばるしかないな。

俺は額と胸、そして右手に霊符を張り付け、まじないを唱えて霊符の効力を発動させる。

「氷鬼。サポートを頼む」

「うむ。ゲッカコウの動きを止めたらいいんだナ」

そう言って、氷鬼はひょいと俺の頭にのしかかった。

準備完了。俺は心の中でむんと気合いを入れると、全力ダッシュして月下香の懐めがけて走った。

「な——⁉」

精神攻撃を防がれたのがそんなにショックだったのか。彼女はしばし唖然(あぜん)としていた。

しかし俺が全力疾走して近づくので、彼女は慌てて距離を取ろうとする。

だが、それよりも一歩早く、俺は月下香の手を掴んだ。

「聞け！　お前だよ。月下香に捕らわれた、弱くて情けなくて恰好悪い、お前に話がある！」

「何を言っている。離せっ」

月下香は俺の手を振り払おうとした。しかし腕に張った防御結界が発動して、バチンと大きな音がする。雷光が走って、月下香は顔を歪めた。

「お前、こんなふうになりたかったのか？　人間やめて、魂を貪る鬼に成り下がりたかったのか？」

俺が話しかけているのは月下香じゃない。彼女の腹の中にいるであろう、その身体の持ち主だ。

「チガウ……」

月下香は、泣きそうな顔をして首を振る。しかしすぐに醜い憤怒の表情に戻って、もう片方の腕を振り上げた。

「離セ、人間！」

鋭い爪が、俺を引き裂こうと襲いかかる。その瞬間、彼女の動きがびきっと止まった。

「暴力反対。いいから大人しくしておケ」

氷鬼の仕業だ。彼は月下香の片腕を凍り付けにして、ククク と笑う。

「お前、腹の中でいろいろな感覚を体験したらしいな。魂の噛み応えや、その味も。なあ、うまかったか？　人間の心が残っているのに人間を食べるのは、楽しかったか？」

「やめろ、ヤメロ、やメろ、やめロー！」

月下香がぶんぶんと首を横に振る。振り乱した髪は鞭のようになって俺の顔を攻撃するが、それも防御結界で防ぐことができた。

もう少し。あと少しだけ。

「嫌なら抗え！　弱い自分も情けない自分も、全部自分だろ。目をそらすな。逃げるな。長所も短所も全部ひっくるめた自分自身を認めてやれよ。そうじゃないと、あまりに自分が……可哀想だろっ！」

俺の言葉に、月下香がびくりと震える。その目は、まるで迷子になった子供のように、頼りなく、途方にくれたものだった。

「チガウ……違ウ、ちがうちがう、違う！」

月下香――否、その腹に閉じ込められた『彼女』は、俺の言葉を否定するように頭突きを繰り出した。シュンと蒸発するような音がして、胸に張った霊符が消えていく。

「あ、アタ、あたし、は――」

牙の尖った口をぱくぱく開けて、必死に言葉を紡ぎ出す。

「あたしは、ただ、人のために、人のためになることを、したかったの」

嗄れ果てたしゃがれ声は、泣き崩れた声にも似ていた。

「昔から、占いが得意で、友達にも霊感があるって言われて、だから、占い師になったの。でも、世間の目は冷たくて。このあたしは、ほんとうは誰も救うことができない、ただの小娘で」

ぶるぶると震える両手を差し出す。その指は尖った爪が伸びていて、老婆のように皺だらけになっていた。

「毎日、まいにち、毎日、蛸薬師通りの片隅で、客が座ってくれるのを待つ。あたしを見てほしい。人の役に立ちたい。注目されたい。人気者になりたい。もっともっと、もっともっトモットもっと。そしてあたしは、やっと力を手に入れた！」

ぐっと拳を握りしめ、彼女の目が爛々と光る。

「あ、あたしは、人のために、なれた！　あたしは力を手に入れて、たくさんの人を助けてあげた。人格を変えたいと思う人はつまり、今の人格を捨てたいってことでしょう？　だからあたしは捨ててあげたの。そして、理想の人格をプレゼントしてあげたの！」

きゃはは、ははは。きゃは、ははは！

照明が壊れた駐車場で、狂った女の笑い声が響き渡る。

「あたしは……ちゃんと、救ってあげた。その人生を、理想の形に変えてあげた……」

まるで自分に言い聞かせるように、彼女は『救ってあげた』とくり返す。

俺は、目を瞑って唇を噛みしめた。

魂を食うおぞましさも、己の身が鬼と化していく恐怖も味わった彼女は、きっと発狂寸前なのだろう。いや、もうすでに心のほとんどが狂っているのかもしれない。

でも、まだ人間の部分があるから、彼女は必死に自分を正当化してるんだ。

自分は悪くない。いいことをしているんだって。懸命に言い聞かせて自我を保とうとしている。ひとたび自分を『悪』と認めてしまったら、その瞬間、絶望で心が折れてしまうから。

——でも、それは間違ってるだろ？

俺は、鬼化が進んで岩のように硬くなった彼女の手を握りしめる。

「人生は、その人だけのものだ。どんなに辛くても、苦しくても、他人に代行してもらうものじゃない」

そんなのは自分の人生とは言えない。だから、理想は理想として、短所とうまくつきあいながら、そして時に失敗しながら、歩んでいくのだ。

いつか、願う理想を叶えたいと——自分の心を磨きながら。

「お前だってそうだろ？　誰かにコントロールされて成功した人生なんて、嬉しいか？　楽しいと思うか？」

「——」

女の勢いが止まる。明らかに動揺した様子で、血走った目はぎょろぎょろと忙しなく動く。

「あ、あたし……は」

過呼吸に陥ったみたいに、彼女は何度もぱくぱくと口を開いた。

「今や！」

　機会を窺っていた鴨が走る。そして、月下香の額に霊符を張り付けた。人差し指と中指で押さえつけ、まじないを唱える。

「急急如律令――禍害の悪霊を厭ち除け！」

　それは、身体に憑依した悪霊を祓い除ける術。昨日、鴨が樫田に取り憑いたトウヤを祓おうとして使った術だ。

　カッと霊符が光る――

「ぎゃぁアアアァあぁァアッ！」

　この世のものとは思えない、おぞましい絶叫が響き渡る。

　そして、ぼろぼろの姿で気を失った月下香――いや、身体を乗っ取られていた『彼女』が、そのまま地面に倒れていく。

　俺は咄嗟に『彼女』を抱き留めて背負い、少し離れた場所にあるフェンスの傍に横たわらせた。

「氷鬼、あいつを祓い切るまで、この人を守ってあげてくれ」

「任せろ。まったく、ナルキはつくづく変わり者というか、面白いやつだナ」

　ひょいと女性の近くに降り立った氷鬼が、ニヤニヤして俺を見つめる。

「――別に。俺はただ……声をかけただけだよ」

そう言い残して、俺は鴨のところへと走る。

俺の説得に動揺した彼女は、一瞬、月下香という鬼の魂と分離した。その瞬間、鬼の魂だけを祓い除けたのだ。

「うぁあアア、アアァ、許サヌ……虫ケラが……」

魂の状態――霊体になってしまった月下香は、いまだこの世に留まっていた。

「正真正銘の、バケモノだな」

俺は思わず呟いてしまう。

霊体になったことで、本来の『鬼』の姿を取り戻した月下香は、もはや人の姿を保ってはいなかった。三メートルはある巨体で、皮膚は赤黒くてゴツゴツしており、鱗が生えている。身体のあちこちに黒いツノが生えていて、顔は鼻と口が突き出ていた。

赤みがかった金色の目は、縦に長い瞳孔を持つ。いわゆるトカゲとかの目だ。

一言で言うなら、トカゲ人間。いや、でかいし顔が怖いし、ドラゴン人間……か？

「許さヌァアあアっ」

怒りのままに声を上げ、月下香が腕を、黒い髪を、足を、振り回す。

そのたびに地面は裂け、フェンスが凹み、身体が飛ばされそうなほどの突風が襲いかかる。

——これが、鬼女。

「もしかして、魂の状態のほうが強いのか？」

背中にひとすじ、冷や汗が流れる。

「それでも所詮は霊体や。あと一押しで滅せられる！」

鴨は懐から数枚の霊符を取り出すと、ぱっと空に投げ放った。

「急急如律令——禍害の鬼を捕り縛れ！」

まじないを唱えた瞬間、空中に九字を引く。すると霊符が意志を持ったようにまっすぐ飛び、月下香の周りを取り囲んだ。

「ギャッ！」

霊符を起点に、青白い線が伸びる。それは格子状の檻となって月下香の動きを完全に止めた。

鴨は一旦息を吐くと、式盤を取り出す。

「出でよ、式盤に封じられし式神。五行は金の神、凶の将。陽の気を孕むは後五の申。西天の守護神ここに有り——白虎よ、我は契約せし賀茂家の怜治、そなたに乞い願う！」

「え……、白虎……って」

式神の中でも名が知られた四柱。朱雀、青龍、玄武、白虎。その一柱と鴨は契約しているというのか。

「喚(よ)び声を聞いたぞ怜治。我は白虎。世界の理(ことわり)を守るためならば、どんな者の喉笛も噛み千切ろう」

それは圧倒的な存在だった。

輝く毛は、その一本一本が美しい絹糸のよう。純白と灰色のまだら模様をしたケモノの姿は、まさに白い虎だった。

月下香に匹敵するほど身体は大きく、目は金色。牙の生(は)えた口は凶悪でいながら、頼もしさを感じる。

「白虎、卯の式神、あれを斃(たお)せ」

「承知」

「オッケー」

言うな否や、卯の式神と白虎は疾風のように走り、月下香に襲いかかる。

「ヒャーッ、ホー！」

すばやい卯の式神は飛んで跳ねて月下香の視線を翻弄する。隙を見た白虎が、彼女の喉笛めがけて噛みつく。

「あぁアギャアアっ」

喉を噛み千切られて、胴体と首が離れる。月下香は生首となって尚、血走った目をぎらぎらさせて鴨を睨んだ。

「人間風情ガ、虫ケラガ、許サヌゥ……！」

カッと目が開く。

「お前、ダケは、道連れニ、して、デモ」

ぐらっと地面が揺れた。俺が「えっ」と呟いた途端、地面の底からアスファルトを砕いて、何本もの手が伸びた。

それは、地面のどこから現れるかわからない、槍のような攻撃。

「鴨！」

地震のようにぐらぐら揺れる中、俺は必死に彼女のもとへ走り、懐に手を伸ばした。

——あっ、防御の霊符、は。

そうだ。彼女を説得するために、使い切ってしまったんだ。

「鴨ーっ！」

手を伸ばす。鴨は努めて冷静な仕草で一枚の霊符を取り出した。そしてまじないを唱えて自身の身体を守ろうとする。

だが——

「ぐっ！」

一歩遅く、鴨の脇腹を赤い腕が裂いた。ぱっと鮮血が迸る中、それでも鴨は痛がる様子を見せずに己の式神を睨み付ける。

「俺はいい。詰みだ！」

白虎はその言葉を聞いた途端、すぐさま月下香に視線を向ける。

ケモノのような咆哮を上げて、白虎は月下香の頭を噛み砕き、卯の式神は月下香の身体をツメで引き裂く。

「あぁ、アア……アァァ……」

最後までおぞましい声で、断末魔を上げる。その声はだんだんと小さくなっていき――

月下香の魂は完全に消滅した。

しん、と静まりかえる駐車場。辺りを見ると、なかなかの惨状だ。アスファルトの地面は無事なところを探すほうが大変なくらいに、盛り上がったり凹んだり、修繕が大変そうである。四隅にある照明も壊れているし、駐車場を取り囲むフェンスもボロボロだ。

それでも、病院に勤めている人たちが騒いでいないのは、鴨が事前に張った結界のおかげなのかもしれない。

すごいな。俺にはできない芸当だ。

ふぅと息をついた時、どさりと音が聞こえた。ハッと振り向くと、鴨が地面に倒れていた。

「鴨！」

慌てて駆け寄ると、鴨はちゃんと息をしていたし、目も開けていた。ごろりと仰向けに転がって「あ〜」と疲れたような声を出す。

「いてぇ」

「あっ、傷が！　大丈夫か⁉」

脇腹からはどくどくと血が流れている。俺は今度こそ霊符を取り出した。これは治癒の効果があるものだ。

俺は傷口に霊符を貼りつける。すると、霊符はしゅんと溶けるように消えたあと、ふわふわと光った。

「ああ……お前は……やっぱ、すごいな」

ぼんやりした顔で、夜空を見ながら鴨が呟く。

すごいって、俺のことか？　まさか。

「なにを言ってるんだ？」

「誰ひとり犠牲が出なかった。まさか、鬼の『中身』を説得しようとするなんて……」

「鴨、鴨〜?」

彼の目の前でひらひらと手をかざす。だが、鴨の目は動かない。

「治癒術も、普通は、こんな即効性はない、のに。血は止まるし、身体の疲労まで回復し始めて……何が、才能がないやねん、アホ」

なんか悪口を言われた気がする。

俺がムッと唇をへの字にすると、鴨はゆっくりと目を閉じた。

「成喜。解放された魂の数だけ、確認しておいてくれ。それから、廃ビルの……地下の、鍵が、コートのポケットに……」

ごにょごにょと俺に指示を飛ばした鴨は、最後に「あ〜〜〜」と長いうめき声を上げた。

「煙草吸いたい」

そう言ったあと、鴨はコテッと横を向いた。程なく、寝息が聞こえてくる。

「ね、寝たのか?」

まさかこんなところで寝るとは。え、これはどうしたらいいんだ。俺はとりあえず、こいつを背負って逃げたらいいのか? このままここにいたら、さすがに見つかって、そしてこの惨状の修理代金を払うはめに陥りそうな気がする。

「一度に式神を複数喚んで戦わせたのだ。大量の形代も使っていたようだし、さすがに呪力が枯渇したのだろう」

ちゃかちゃかとツメの音を鳴らして近づいてきたのは、白虎。卯の式神もぴょんぴょん跳ねてくる。

「普段はここまで無茶はしないのだがな。さすがに弟子がいる手前、無様な真似は晒せなんだか」

「ヒュー！　カッコイーね！」

卯の式神が囃し立てるように、鴨の周りを飛び跳ねた。

「宿主は、我らが家まで送り届けよう」

白虎は鴨の襟首を咥えて持ち上げると、ひょいっと飛ばして一回転させて、器用に背中に乗せる。

「時に、播磨の血を継ぐ陰陽師の末裔よ」

「それ、俺のことか？」

播磨ってなんだっけ……あ、蘆屋道満が流されたところか。うちの姓は駒田なんだけど。陰の陰陽師同士ということで、なんか勘違いしてるのかな？

「我が主をよろしく頼む」

「え……？」

一瞬、何を言っているのかわからず、俺は呆けた顔で首を傾げた。

「怜治は責任感が強く、更に生真面目すぎる性格が災いして、賀茂家で孤立していた。我らと契約して使役しはじめても、こやつは必要な時しか我らを喚ばない。……否、喚んではならぬと思い込んでいる」

「式神は道具だから仲良くしない。会話もしない。でも怜治は我らを使い捨てない！　ソークールエブリデーイ！」

「……悪いが卯よ、ちいと黙ってくれ」

白虎が厳かな声で頼むと、卯の式神は「オーケイ」と言って黙る。

「もっと気を楽にせよと、伝えてくれ。式神は道具ではなく、そなたら陰陽師にとって隣人なのだと。……お前にとっての、鬼のようにな」

ふふと笑って、背中に鴨を載せた白虎はくるりと体を返す。

「かつての安倍晴明など、我らを小間使いのように扱っておったのだぞ。西天の守護神たる我に、屋敷のぞうきんがけを命じたのはヤツが初めてであったわ」

くっくっと楽しそうに笑って、白虎は夜の闇に溶け込むように音もなく走っていった。

気づけば卯の式神もいない。

「終わったのか」

はあと息をついて、夜空を見上げる。

「あ……」

ふよ、ふよ、ふよ。空に漂う、光輝く十数個の玉。それらはぎゅっと一ヶ所に集まると、一斉に同じ方向を目指して飛んでいった。

「おーいナルキ。この人間の女、どうしたらいいんダ〜？」

彼女を守っていた氷鬼が、しびれを切らしたように俺を呼んだ。

第四章　へっぽこ陰陽師はデキる陰陽師の弟子になる。

京都を騒がしていた、連続行方不明事件、通称『京都神隠し事変』は、意外な形で幕を閉じた。行方知れずとなっていた人たちが、ふらりと木屋町通りに現れたのだ。

電話で聴いた鴨の話によると、ただちに警察が保護したが、彼らは殆どのことを覚えていなかったらしい。ただ、鴨に似た男と標準語を喋る青年に助けられたと、口を揃えて言っていたそうだ。

しかし、行方不明になった人が全て見つかったのかといえば、そうではない。

何人かは、まだ見つかっていない。

いや、見つかるはずないのかもしれない。だって彼らは――そう。

本当の意味で『別人』になってしまったのかもしれないのだから。

東京に帰る日の前夜。

刑事部一課より怒濤の取り調べを受けた鴨は、ぐったりした顔をして俺の前に現れた。

「お、お疲れ～」

「つらい」

「一言目でそれかよ。よっぽど絞られたんだなあ」

俺は鴨の背中にぺしっと霊符を張り付けた。ふわんと光って、鴨の身体がしゃきっと伸びる。

「成喜の治癒霊符、栄養ドリンクみたいやな。いや、高価な栄養ドリンクよりも即効性があってびっくりするわ」

「絆創膏霊符だの、栄養ドリンク霊符だの、みんな言いたい放題だな……」

俺はいじけて唇を尖らせた。霊符を作るのは大変なんだぞ。もっとこう、言い方というものがあるのではないか。

「ま、飲みにいこうぜ！　俺、明日には東京に帰るから、今度こそ京都っぽい記事が書けそうで、しかもうまい店を紹介してくれよな」

「要望が多いな。じゃあ、たまには割烹料理屋でも行くか」

やった。俺は内心ガッツポーズを取る。

今回の旅の目的は、連続行方不明事件の真相を暴き、スクープをすっぱ抜くこと。

でも蓋を開けたら、原因は怪異。鬼の仕業によるものだった。

……そんなもの、記事にできるわけがない。オカルト雑誌だったら、もしかしたら買い取ってくれるかもしれないけど。

そんなわけで、俺は編集長のご要望通り、京都グルメと京都スポットを記事にして提出しなければならないのである。

「まあ、ある程度街は歩けたし、木屋町から先斗町特集にしてまとめるよ。高瀬川にまつわる歴史をうまく書いて……」

頭の中で構成を組み立てながら、ブツブツ呟く。

「着いたで」

ふと、鴨に言われて顔を上げると、先斗町の通りに、人ひとりがなんとか通れそうなほどの、細い道がある。

「この先に、うまい店がある」

「京都市内って、本当に道が狭いよな。建物と建物の間に、道が網羅してるっていうか」

「このあたりは特にそうやけど、隠れ家的な意味合いもあるから割と好まれているんや。大手商社のお偉いさんとか、目立ちたくない芸能人とか、密かに通っているとか聞いたことあるし」

へ～。ネタになりそう。覚えておこう。

鴨の案内で、明かりのない石畳の細道を歩き、引き戸の扉を開ける。

「いらっしゃいませ」

ぱっと明るい照明が差し込んで、温かくて柔らかな出汁（だし）の香りが俺の心を優しく癒やした。

その割烹料理屋は、いわゆる一見さんお断り的なところではなく、アットホームな雰囲気に包まれていた。テーブル席に座ってメニューを見ると、さすがに値段はピンからキリまで、という感じだったが、うまく注文すれば俺たちのようなしがない稼ぎでも満喫できそうだ。

さっそく生ビールを注文すると、お通しの小鉢と一緒に冷え冷えのジョッキがテーブルに届く。

「今回はご苦労であったな。さあ祝いの乾杯といこう！」

俺たちのテーブルで、ニッコーと輝くような笑顔を浮かべて生ビールのジョッキを持ち上げるのは、ちゃっかり人間に変化した和服姿の青年、氷鬼である。

「お前はほんとーに、高い店の時ばっかかし、人間になるよな！」

ラーメンの時、牛丼チェーン店の朝定食の時は、鬼の状態で寛（くつろ）いでいたくせに。

「オレも働いたんだし、労いは必要だぞ、ナルキ」

「あれくらいの働きで労われようなんて調子のええやっちゃ。まあ、そんな鬼畜生と契約している自分の判断を恨むしかないな、成喜」

鴨がそっけなく言う。というか鴨、お前、いつの間に俺のことを名前で……。いや、別にいいけどさ。

「でも、氷鬼みたいに手放しで祝う気にはなれねえよ。行方不明者だって全員助かってるわけじゃないし」

冷え冷えの生ビールを見つめて、思わず呟いてしまう。

同じようにジョッキの取っ手を握りながら、鴨が「そうやな」と、神妙そうに言った。

「せやけど、ある程度割り切ることも大事や。こと怪異において、すべて元通りになって皆が救われたって例は少ない。そもそも鬼という存在は、人間に課せられた試練なんやからな」

「……試練？」

首を傾げると、鴨はぐいとジョッキを口に傾ける。

「鬼は誘惑する。楽なほうに逃避させようとする。鬼に魅入られた人間は、多かれ少なかれ必ず、なんらかの罰を受けてしまうんや。帰ってこない行方不明者とか、例の占い師とかな」

「月下香、いや、鬼に乗っ取られたあの女性か」

彼女の名前はわからず仕舞いだった。病院の駐車場で保護したものの、女性は全裸で気絶してるし、警察に連絡したとして、どう説明したらいいかもわからないし……

結局、俺は病院内に忍び込み、空き部屋のベッドからシーツを剥ぎ取って女性を包み、玄関に置いておくしかなかった。すまない病院。マジでどうしようもなかったです。

「あの女性については、なにかわかったのか？」

俺が尋ねると、鴨はゆっくりと首を横に振った。

「わからん」

「え？」

「何もわからんかった。本人が全て忘れとったからな。名前も住所も年齢も」

俺は目を見開いた。ビールのジョッキについた雫が、したたりおちる。

さっき鴨は言った。鬼に魅入られた者は必ず罰を受けると。これは試練なのだと。

「そう、か」

正直、わからなくなった。俺は彼女を助けてよかったのだろうか。彼女はこれからどんな人生を送るのだろう。もしかしたら、あのまま――

「成喜」

諭すような鴨の声。思わず顔を上げる。

「それでも命が助かった。しかも無傷やった。お前はちゃんと救ったんや」

「鴨……」

「誇れ、とは言わん。でも、助けないほうがよかった命なんてないと、俺は思うで」

ふ、と静かに微笑む鴨に、俺は少しだけ心が軽くなった気がした。

単なる自己満足かもしれない。全てを助けたいなんて、よく考えたら傲慢な望みだ。

妥協しようというわけじゃないけれど、俺の手でできることなんてたかが知れている。

俺ひとりじゃ、なにもできなかった。

鴨や氷鬼が手を貸してくれて、ようやく救えたのだ。それを後ろ向きに受け止めてはいけない。こんな無力な俺にもできたことがあったのだ。

……それを、嘆いてはいけない。

「そうだな」

俺は頷いて、生ビールを一気飲みした。これを飲むだけで、一日の疲れが吹っ飛びそうである。いや、それはさすがに大げさかな。

ぷはっと息をついて、笑顔を作った。心から笑うことはできない。でも今は笑おう。

救えた人がいることを、喜ぼう。

鴨は俺の気持ちなんてお見通しなんだろう。穏やかな笑みを浮かべたあと、俺と同じように生ビールのジョッキを空けた。満足そうに「ふーっ」と息を吐く。

「うまい。生きてるって、すばらしいな」

「実感こもってるなあ。でも、俺もそう思うよ」

俺は店員さんを呼び、色々と気になる料理を注文した。

よし、気持ちを切り替えよう。くよくよしても仕方ない。俺にはルポライターとしての仕事もあるんだから。

「えーっと、三種おばんざいと、金目鯛の炊きもの。まぐろの唐揚げ。鴨は、なんかオススメはあるのか？」

「ここはおでんがうまいで。日本酒の揃えもええし、それから嫌いやなかったらふなずしもオススメや。俺はそれと、お燗をお願いしようかな」

「じゃあ俺もおでんと、お燗は三合でお願いします！」

時期的にはそろそろ暖かくなるころだけど、まだまだお燗の美味しい季節だ。早速記事のネタができて嬉しい。京都ほろ酔いの旅……なんて、大人女子にウケそうじゃないか。

「そうだ。明日はお土産買わないと。姉ちゃんに阿闍梨餅頼まれてるんだった」

「それやったら、京都駅に店があるわ。あれは人気のお土産やから、シーズン時は売り切れになってることが多いけど、今はギリ大丈夫やろ」

「へえ、そんなに美味しいんだ。他に京都土産でいい感じのやつ、あるかな。こう……ちょっと定番から外れてるほうが、ネタとして嬉しいんだけど」

「お前、怪異が解決した途端、引くほど食い気味のルポライターになるんやな」

鴨が呆れたように言うが、記事を書くのが俺の飯の種なのだ。陰陽師として怪異を祓(はら)ったところで、姉の依頼以外は俺の懐に一銭も入らない。悲しい。

「お土産……お土産なあ」

う〜んと鴨が悩んでるところに、料理が届いた。

ほかほかの湯気が立つおでんや、揚げたての唐揚げ。金目鯛の炊きもの。そしてお燗とふなずし。

「うわ〜こういうの！　俺はこういうのを求めていたのだ！」

いわゆる、ザ・京都って感じの料理。そりゃ京都に住んでる人にとったら、京料理はあまり食べる機会がなかったり、ある意味観光客向けなのかもしれないが、余所(よそ)に住む俺はこういうのを求めて京都に来るのである！

陶器製のぐい呑みに、お酒を注ぐ。

ふわんと漂(ただよ)う日本酒の甘い香りにほっこりしながら、ぐいっと杯を傾けた。

「あ〜うまい」

「うまいなあ～」

「語彙力があまりに低いな、ふたりとも」

うまいしか言わない俺たちに、氷鬼が呆れた顔をして酒を飲む。

いいんだ。小難しいコメントは、記事で書くから。

「鴨がオススメだって言った、おでん。めちゃうまいな。大根がしみしみだし、出汁が上品だ。それに、これはじゃがいも？　新鮮でいいな」

「じゃがいもが新鮮ってどういう意味やねん」

「だって俺の家では、おでんにじゃがいもなんて入れないし」

「な……なん……やと……」

鴨がショックを受けたようにぽろりと箸を落とす。そんなに驚くようなことか？

「待ってくれ。じゃがいも入れへんおでんって、他に何が入っとんねん」

「え～？　大根、卵、こんにゃく、はんぺん」

「は、はんぺん⁉」

ごん、とぐい呑みをテーブルに置いて、信じられないといわんばかりに目を見開く鴨。

もしかして、おでんに一家言あるタイプなのだろうか。なんか、こだわり派っぽいし、そうなのかもしれない。

「ないわ。おでんにはんぺん入れてどうすんねん。それやったらイワシかタイのすり身やろ」

「あ～時々スーパーですり身は見かけるけど、自分からは選ばないかなあ」

「ないわ……。おでんにちくわぶくらい、ないわ」

「それ、おでんにちくわぶ地方に喧嘩売ってるからな」

俺たちが侃々諤々（かんかんがくがく）と言い合っていると、もくもく大根を食べていた氷鬼がニカッと笑う。

「オレは、コンビニおでんによく入っている、あらびきソーセージが好きだぞ！」

俺と鴨の声がハモった。色々と合わない部分は多いが、おでんにソーセージは邪道というのは同意見のようだ。

まあ結論を言えば、おでんの具なんて好きずきでいいんですけどね。

でもはんぺんはうまいと思うんだけどな……

ほかほかのおでんを堪能したあとは、金目鯛の炊きものに箸を入れる。ほろりと崩れる身がとっても美味しそうだ。ぱくっと食べると、昆布の風味が優しくふわっと広がった。

「やっぱり京料理っていいなあ。心がほわっとするよ」

箸休めに食べるおばんざいも、上品な味付けだ。お豆を甘辛く炊いたもの、飛龍頭（ひろうす）のあんかけ、椎茸の煮物。どれも酒に合う味だが、出汁（だし）が効いていて、醤油は風味程度に抑えてある。とても上品な味わいである。

お酒がどんどん進むなあ。

調子に乗ってぐいぐい呑んでいると、鴨がちまちまとふなずしを食べていた。

「それ、あれだろ。滋賀県の名品というか、珍味っていうか」

「そうやな。簡単に言えばフナの腹に飯を詰めて発酵させる料理や」

独特のにおいが気になってしまうけど、興味はある。どんな味がするんだろう。

「一個もらっていいか？」

「ん」

鴨がふなずしの皿を持ち上げてくれる。俺は取り皿にひとつもらって、箸で小さく切って食べてみた。

「おっ？」

確かににおいはある。だが、悪臭というよりも、ブルーチーズのような風味だ。味も濃厚なチーズという感じで、フナの身のしょっぱさとよく合う。

そのふなずしの風味が残っているうちに、お燗を口に含んでみた。

米本来の甘さが、先ほどよりも引き立つ。鼻に抜ける香りも、ずっと華やかに思えた。

「へ〜、うまい！」

「せやろ、せやろ」

どこか嬉しげに鴨が言う。普段はしかめっ面ばっかりだけど、自分のすすめた料理を褒めると、人並みに喜ぶところはちょっと可愛いと思わなくもない。

京都の最後の晩餐は、ゆるやかで穏やかに、そして幸せな時間に包まれていた。

しばらく酒を飲み、存分に京料理を楽しみ。

氷鬼が満足そうに腹を撫でたところ、俺は鴨に「ところで」と話しかける。

「今回の怪異について、結局警察にどういう報告をしたんだ？」

「どうもこうも。正直に話すわけにはいかんやろ。ってわけで、いつもどおり、適当にごまかして報告書を提出したわ」

行方不明者十名は、木屋町通りにある廃ビルの地下室に閉じ込められていた。昨日の夜、鴨が気を失う前に口にした言葉を聞いて、俺は彼のコートから鍵を取り出し、廃ビルに侵入した。そして、床下から助けを求める声を聞いたのだ。

地下室床板をはがした先にあった。声が聞こえなければ気付かなかっただろう。

月下香を滅ぼして、腹の中に溜め込んでいた魂が解放されて、彼らは皆、元の身体に戻っていた。その身体に取り憑いて同化しようとした亡霊は、すべて綺麗に消えていた。恐らくは、月下香が滅んだと同時に、彼女の術が解けたからだ。

しかし、同化が終わって第二の人生を謳歌している人は、そのままだ。元となった人は助けられなかった。俺はきっと、このことをずっと忘れない。

そして、次はもっとうまくできるように……頑張りたい。

「白状するとさ、実はちょっとだけ、気になっていることがあるんだ」

ぐい呑みを傾けて、俺は懺悔するように呟く。

「人格変成を望み、月下香にすがった人達……。俺たちが助けた人達は、結局、人格を変えることができない結果になってしまっただろ」

いじめられっ子は、再び気弱な人間に戻った。

パワハラに悩んでいた人も、きっとまた同じような悩みを抱えることだろう。

人格さえ変わったら理想の人生が歩めると思った人たち。でもそれは結局幻想にすぎなくて、変わらない自分のまま、悩み、苦しみながら生きていかなければならない。

月下香のやり方が正しかったとは思わない。でも、人格を変えたかった人は、あのままのほうが幸せだったのではないかと……思ってしまうのだ。

例えば、助けられなかった人たちのように。

「いや、そんなことはないやろ」

鴨がおでんの大根を箸で切りながら静かに言う。

「少なくとも、樫田とトウヤはお互いに納得していたようやったしな」

その言葉に、俺はハッとして思い出す。

鴨のコートを取りに四階へ戻った時、丁度、樫田の身体からトウヤの魂が抜け出ようとしていた。彼は樫田の顔で俺を一瞬だけ見て「ありがとう」と礼を言い、幻のように消えていった。

――亡霊の気配はない。

トウヤはちゃんと、黄泉(よみ)の世界に旅立つことができたのだ。樫田と話し合い、自分を見つめ直したことで、成仏に至る準備ができたのだろう。

「自分の人生は、代行してもらうものじゃない」

鴨は、俺が昨晩無我夢中で口にした言葉を繰り返す。そして、とっくりから酒を注ぎつつ、穏やかに微笑んだ。

「生きづらいのなら、人格やなくて、考え方とか価値観とか、そういうところを変えていかへんとな。樫田も、これからは何か喋る前に深呼吸するって言ってたやろ」

「確かに、変えていくとするなら、そういう小さなことの積み重ねからだよな」

人間性は、簡単には変えられないのだ。ショートカットは存在せず、変わりたいと願うなら少しずつ意識していくしかない。それはとても難しいことだけど――

「精進あるのみ、ってことなんだな」

前を向いて歩くことはできる。それが人間にとっての、特権みたいなものなのだろう。

朝の京都駅に、アナウンスが響き渡る。

東京行きの新幹線が到着して、俺は荷物や土産物を両手に持って乗り込んだ。

指定席に座ると、ぐーっと腹が鳴る。朝ご飯はこれから食べるのだ。

「はあ～、なんか、どっと疲れたな」

鴨とは、昨晩のうちに別れを済ませてある。

『お前とは色々あったけど、学ぶことも多かったし、いい経験になったよ。これからも仕事頑張ってくれよな。閑職だけど』

割烹料理屋を出て、別れ際にそう言うと、鴨は『嫌味なヤツやな……』と渋面を浮かべて『まあ、今回はお疲れさん』と言って去って行った。

京都と東京は距離もあるし、これからは、そう簡単には会えないだろう。

ん？　なんか忘れてるような？　鴨と約束のようなものを交わした気が……

「ナルキ～！　パン食いたい。パン！」

「ああ、はいはい」

俺は京都駅で購入したパンを袋から取り出す。知る人ぞ知るという感じなのだが、京都はパンが結構おいしいのだ。街を歩けばパン屋にぶつかるのではというくらい、パン屋も多い。

俺の隣に座った氷鬼は、クレープのような薄生地のパンで、たっぷりの餡子を巻いた菓子パンをおいしそうに頬張る。

俺は店の人がオススメだと言った、お好み焼きパンを口にした。パン生地が、ピザのイタリアン生地かというくらい薄くてパリパリしており、表面に塗られたソースとマヨネーズ、そしてたっぷりのネギがおいしい。

これも京都グルメの記事に入れてもいいな。

それにしても、さすがにもったいないかなあ。あれだけの怪異を体験しておいて、スクープ取れませんでしたって報告するのは、妙な悔しさもある。一応、行方不明事件を解決した陰陽師メンバーのひとりでもあるし。

でも、さすがに鬼の仕業でしたとは言えないよな。

もそもそとパンを食べていると、車内販売の人がやってきた。ホットコーヒーを頼むと、氷鬼が俺の袖を引っ張って、アイスを指さす。

……俺はバニラアイスも追加で頼んで、ずずっとホットコーヒーを飲んだ。

「どうせなら、思いっきりゴシップに走ってみようかな？」

ふと妙案を思いついて、俺は頭の中で構成を考え、メモ帳に書き込む。

そして早速ノートパソコンを開いてパタパタとキーボードを叩き、夢中で記事を書いていたら、いつの間にか東京駅は目の前だった。

エピローグ

東京某所にある、とある出版社。

いつものように、編集さんのアシストで校正作業を進めていたら、編集長の呉さんがバーンと現れた。

「駒田〜っ！」

「あ、はい」

赤ペンを持ったまま顔を上げると、呉さんが書類を脇に挟んで俺の両手を持ち上げる。

「駒田の記事、めちゃくちゃ評判いいぞ！　まさか駒田に、こんな才能が隠れていたとはな〜！」

「え？」

一瞬、呉さんが何を言ってるかわからず、俺は首を傾(かし)げた。

「これだよこれ。『京都神隠し事変をオカルト視点から考察する』。完全に賑やかしのつもりで掲載したけど、ネットで議論されるわ、話題になるわで、雑誌の売れ行きも上々なんだ！」

「え、え～……マジっすか……」

唖然として、俺は呉さんから書類をもらい、読んでみた。どうやらそれは、ネットで有名な掲示板サイトのスレッドらしい。

――根拠がない。ガセに決まってる。そう思うのに、この説得力はなんなんだ⁉

――烏丸から河原町の地下通路は知ってるけど、確かに、何か隠されてもおかしくない道があるよな。

――龍脈と龍穴の関係かあ。京都の地下深くには龍が棲む地下湖があるって噂だけど、それと関係してそう。

――肝試しに行きたい、廃ビル！

「う、うわあ。なんか色々言われてる……」

自分の体験した出来事を元に、根も葉もないフィクションを織り交ぜながら、適当に書いたゴシップ記事。実際に行方不明となった被害者の情報などは完全に伏せる形で、陰陽道の知識をほんのり小出ししつつ、書いてみたのだ。

笑い飛ばされるか、相手にされないか、どっちかだろうと思っていたのに、まさかオカルトフリークがこんなにも食いつくとは……意外である。

「駒田の書き方がうまいんだよ。ここのさ、地下通路の部分とか、魂を入れ替えることで人間の人格が変わるって部分とか、すごくそれっぽくて、俺も読んでて怖かったぞ!」

「あ、そうなんですか。へえ……でも、良かったですね。雑誌が売れて」

昨今の出版業界は不況。特に雑誌の売れゆきは芳しくないと聞く。その中で比較的売れたなら、あのしょうもない記事を書いたかいがあるってものだ。

いやあ、何事もチャレンジしてみるものだなあ。

俺は満足して頷き、校正チェックに戻ろうとする。

「というわけで駒田。しばらくの間、京都に行ってオカルトネタを集めてきてくれ」

「は?」

もう一度グルッと振り返ると、呉さんはニッカリと歯を光らせて笑う。

「実は京都にさ、うちの分社があるんだ。ここよりずっと小さいけど、給料は出すから」

「え、待ってください。俺、京都に行くのはちょっと」

「更に記事を書いて送ってくれたら、掲載料に印税も出すぞ。せいぜい、面白ネタを探してこーい!」

待って。なんでそんな話になってしまったんだ?

こんなことになるなら、あんな記事、書かなきゃよかった!

——というわけで、俺、駒田成喜は京都の分社に転勤となってしまった。

二ヶ月ぶりの京都は梅雨直前の初夏で、ヤバイくらい暑い。

「いやいや、洒落にならねえ。京都の初夏、暑すぎだろ」

真夏と言ってよい。汗が止まらない。東京の五月って、もう少し気候が爽やかだぞ？　なんでこんなに蒸し暑いんだ！　五月でこれだと、本当の夏が来た時どうなるんだ⁉

「あちい！　とりあえず、地下！」

京都駅、新幹線のホームから慌てて階段を降りて地下に向かう。

「はー。これから京都に住むってまじかよ～」

冷たいものを求めてコーヒーショップに入った俺は、ぐったりとカウンターに伏せた。

まずはアパートを探さないと。京都の地価って高いみたいだけど、市内に住めるかなあ。詳しそうなヤツを呼んでおいたので、いきなり路頭に困ることはないだろうけど。

「まったく。……まさか、転勤とはな」

「だよな～って、おおっ、鴨～！」

俺に声をかけてきたのは、おなじみの鴨だった。京都アドバイザーとして、休日の鴨を呼び出しておいたのである。

「いや～悪かったな。せっかくの休日なのに」

「ほんまやわ」

相変わらずのしかめ面で、鴨は俺の隣に座る。

「よっ、カモ！」

俺の頭の上に乗っかった氷鬼がフランクな態度で挨拶して、鴨はそちらをチラを見上げると、非常に嫌そうな顔をした。

「まだおるんか、お前」

「当たり前だろ～。オレはナルキの式神だからナ」

「こんな油断ならん式神と、よう続いてるわ。信じられへん」

ブツブツ文句を言いながら、注文したアイスコーヒーをこくりと飲んだ。

「そう、成喜から転勤するっちゅうメールが来て、思い出したんやけど……」

「うん」

同じようにアイスコーヒーを飲みながら、相づちを打つ。

「俺もすっかり忘れてたけど、俺とお前、師弟関係になってたやん」

「……！」

俺は目を丸くしたあと、ぽんと拳を打った。

ずっとなにか忘れてると思っていたんだ。それが、これか。

「あ～そうだった！　うんうん。俺も思い出した！」

「何が思い出したやねん、忘れるなや、アホか！」

「お前だって忘れてただろ！　それにあの時はほら、面倒な怪異もあったし、帰る時もバタバタだったしなあ」

いやあ、すっかり記憶から消え失せていた。でも、師弟関係がまだ続いているってことは、これから陰陽道の修行をしたりするのか？　あ、いやでも、ちょっと困るな。

「悪い、鴨。俺、これでも結構仕事が忙しいんだ。修行とかするなら、一週間に二回、仕事が終わった後の二時間とか、それくらいでどうかな」

「どこのカルチャースクールやねん。陰陽道を趣味のレッスンと一緒にすんな」

じろっと俺を睨んだ鴨は、ポケットからスマホを取り出し、なにやら操作を始めた。

「実はな、成喜から転勤の連絡がきたころ、お前の姉からも連絡が来たんや」

「えっ⁉」

意外なことを聞いて、俺は驚愕のあまり口をぽかんと開ける。

「アレはアレで、えげつない実力者やな。成喜とは方向性がまったく違うけど、時が時なら占術師としてえらいことになってたと思うわ」

鴨がしみじみと「末恐ろしい姉弟や」と呟く。俺はともかく、姉ちゃんは『星辰の卜者』と呼ばれるほど人気のある占い師だからな。確かに今が平安時代とかだったら、貴族から引っ張りだこになっていたと思う。

そんな姉は、京都土産の阿闍梨餅を持っていったら、えらく喜んでいたっけ。

「はい。成喜の姉からのメッセージ。俺から見せてやってくれって頼まれた」

「姉ちゃんが？　直接俺に言えばいいのにな」

なにをもったいぶっているんだかと思いながら、俺は鴨のスマホを覗き込む。

『ナルくんへ。君に熨斗をつけて怜治くんに差し上げることにしました。身を粉にして、人生を捧げるつもりで、怜治くんの修行をきっちりみっちり受けるように。そして恰好よくて立派な陰陽師になったあかつきには、私は遠慮せずバンバン怪異の依頼を頼みますので、次からはただで受けるように。追伸、毎月絆創膏霊符と京都の和菓子を送ってね☆』

「……」

俺は無言で鴨のスマホを握りしめると、ポイッと投げた。

「おい！」

鴨が慌ててキャッチする。俺はサッと荷物を肩に掛けると、逃げるようにコーヒーショップを飛び出した。

「こら待たんかい」

「いやだ待たない。悪いが師弟関係は解消させてくれ。俺は姉ちゃんの依頼だからってただ働きしたくないし、仕事があるから、きっちりみっちり修行なんてできない」

「そういうわけにはいかん。前にも言うたが、お前は今のままでは絶対に危ない。陰陽師として、やりたいことがあるんやろ？」

──うっ。一番言われたくないことを、はっきり言われてしまった。

確かに今のままでいいなんて思っていないし、俺のやりたいこと──父の死の真相を探るためには、陰陽師としてもっと成長しなければならないと思っている。

「安心し。夏妃にも任されたことやし、俺も遠慮せずきっちりみっちり教え込んだるわ」

「まじかよ～！」

初めて会った時は、他人に興味がなくて冷酷で容赦のない、氷のようなヤツだと思っていたのに。

フタを開ければ、使う陰陽術は可愛いわ、酒に酔っ払うとぐだぐだ愚痴っぽくなるわ、おまけに想像以上の熱血師匠ぶり。

人は見かけによらない。鴨はまさにそれだろう。

京都駅を出ると、からっとした空気と共に、痛いほどの熱気が頬を刺す。

すうっと息を吸い込むと、爽やかな風のにおいがした。

三月に京都に来た時は、怪異のにおいがすごかったからなあ。今日はしっかり京都のにおいを満喫しよう。

「あー、京都タワーだ」

広々としたバスターミナルの向こうに巨大なロウソク。もとい、京都タワー。

「修学旅行ん時、登ったなあ」

「俺も遠足で行った気がするわ。ぜんぜん覚えてへんけど」

隣に立った鴨が、京都タワーを見上げて言う。

「あのてっぺんから見る景色はなかなか良さそうだナ。今度登ってみるカ～」

俺の頭の上に立った氷鬼が楽しそうに言った。お前はマトモにお金を払って登る気ないだろ。絶対、外側の壁をてくてく歩いて登っていくに違いない。

「今はまだ過ごしやすいけど、来月にもなれば梅雨やし、めっちゃ蒸し暑くなるで。覚悟しいや」

「えっ……コレで過ごしやすいのか？」

俺は唖然と鴨を見た。彼はこちらをチラと一瞥してニヤリと笑う。

「言っとくけど京都の気候を舐めたらあかんで。夏はめっちゃ蒸し暑い。冬は身体の芯まで凍える寒さ。せいぜい今の季節を満喫しておきや」

「まじかよぉ……」

ガクッと肩を落とす。比較的過ごしやすいこの五月で、なんとか生活基盤を整えなければ。

そこで俺は、ハッと思い出したことがあって顔を上げた。

「葵祭！」

「は？」

「五月といえば葵祭だろ！　あれっていつだっけ。絶対記事にしなきゃ！」

「あ～、あ～？　いつやったかな、アレ」

「も～この京都に興味ゼロ京都市民役に立たねえ～‼」

「うっさいわ！　何十年も京都住んでたら、毎年のお祭りとか気にならへんねん。仕方ないやろ！」

「ほんともったいない。お祭りには絶対連れて行くからな」

俺がそう言うと、鴨は心底面倒そうな顔をした。

「人多いし、晴れると死ぬほど暑いし、どうせ混み混みでろくに見られへんのに……」

「そういうのでいいんだよ、お祭りっていうのはっ」

まったくもう。京都に住んでるんだから、もっと京都を満喫するべきである。贅沢なのだ、コイツは。

「ところで成喜。住む場所とか決まってるんか？」

「ううん。まったくノープラン。今日の宿も決まってない」

俺が即答すると、鴨がガクッとよろけた。

「お前、ある意味すごいな。よくそんな無計画で京都来られたな」

「全力で鴨に頼るつもりだったしな。よろしくなっ、ししょー！」

「そういう時だけ弟子面すんなっ」

俺が敬礼するように額に手を当てると、すかさず額にチョップが入った。

「まったく……。とりあえずメシでも行こか」

「いいねー。ラーメン行こうぜ」

「え～、オレは肉がいいナ～」

「肉にしたら、氷鬼は絶対実体化するじゃねえかっ」

ぎゃあぎゃあと、賑やかに京都の街を歩き始める。

これからどうなるかは想像もつかない。でも、きっと忙しくなるだろう。退屈はしないけど、めまぐるしく走り回る日々が待っているだろう。

心のどこかでわくわくしていた。

ずっとくすぶっていた不満。前進したいのに、前進する方法がわからなくて、半ば諦めながら、それでも古い家業にかじりついていた。

ようやく閉じこもっていた場所から一歩踏み出せた気がする。

空を見上げれば、澄み渡るような初夏の青空が広がっていて——

ランドマークである京都タワーが、やけに鮮やかに見える中、どこからか、市バスのクラクションが鳴った。

恋文やしろのお猫様
～神社カフェ桜見席のあやかしさん～

織部ソマリ（おりべ）

きまじめ女子×気ままな妖

一歩ずつ近づく不器用なふたりの

異類恋愛譚

縁結びのご利益のある『恋文やしろ』。元OLのさくらはその隣で、奉納恋文をしたためるための小さなカフェを開くことになった。そしてそこで、千年間恋文を神様に配達している美しいあやかし――お猫様と出会う。彼と共に人々の恋を見守るうち、二人はゆっくりと恋の縁に手繰り寄せられていき――

◉定価：726円（10%税込）　◉ISBN:978-4-434-28791-6　◉Illustration：細居美恵子

深月香
Kaori Mizuki

古都鎌倉おもひで雑貨店

あなたの失くした
思い出の欠片、
きっと見つかります

アルファポリス
第3回
ほっこり・じんわり大賞
涙じんわり賞
受賞作!!

大切な思い出の品や、忘れていた記憶の欠片を探して――
鎌倉の『おもひで堂』には今日もワケあり客がやってくる。

記憶を失くし鎌倉の街を彷徨っていた青年が辿り着いたのは、『おもひで堂』という名の雑貨店だった。美貌の店主・南雲景(なぐもけい)に引き取られた彼は、エイトという仮初めの名をもらい、店を手伝うようになる。初めて店番を任された日、エイトはワケありの女性客と出会う。彼女は「別れた恋人からもらうはずだった、思い出の指輪が欲しい」と、不可能に思える依頼をしてくる。困惑するエイトをよそに、南雲は二つ返事で引き受けるのだが、それにはある秘密が隠されていた――

◎定価:726円(10%税込)　◎ISBN 978-4-434-28790-9　◎illustration:鳥羽雨

この世界で僕だけが透明の色を知っている

糸鳥 四季乃

itou shikino

アルファポリス
第3回ライト文芸大賞
切ない別れ賞
受賞作品

どうか、消えないで——

儚くも温かいラストが胸を刺す
珠玉の青春ストーリー

桧山蓮はある日、幼なじみの茅部美晴が、教室の窓ガラスを割る場面を目撃する。驚いた蓮が声をかけると美晴は目に涙を浮かべて言った——私が見えるの？
彼女は、徐々に周りから認識されなくなる「透明病」を患っているらしい。蓮は美晴を救うため解決の糸口を探るが彼女の透明化は止まらない。絶望的な状況の中、蓮が出した答えとは……？

◉定価：726円（10％税込）　◉ISBN:978-4-434-28789-3

◉Illustration：さけハラス

あの、
連れ子4人って
聞いてませんでしたけど…!?

最愛の母を亡くし、天涯孤独の身となった高校生のひなこ。悲しみに暮れる中、出会ったのは、端整な顔立ちをした男性。生前、母は彼の家で通いのハウスキーパーをしていたというのだが、なんと彼は、ひなこに契約結婚を持ちかけてきて——
訳アリ夫＋連れ子四人と一緒に、今日から、契約家族はじめます！　ひとつ屋根の下で綴られる、ハートフル・ストーリー！

◎定価：1巻 704円・2巻 726円（10%税込）

◉illustration:加々見絵里

枝豆ずんだ

あやかし姫を娶った中尉殿は、西洋料理でおもてなし

堅物軍人×あやかし狐の姫君

アルファポリス第3回
キャラ文芸大賞
あやかし賞
受賞作

文明開化を迎えた帝都の軍人・小坂源二郎中尉は、見合いの席にいた。帝国では、人とあやかしの世をつなぐための婚姻が行われている。病で命を落とした甥の代わりに駆り出された源二郎の見合い相手は、西洋料理食べたさに姉と役割を代わった、あやかし狐の末姫。あやかし姫は西洋料理を望むも、生真面目な源二郎は見たことも食べたこともない。なんとか望みを叶えようと帝都を奔走する源二郎だったが、不思議な事件に巻き込まれるようになり――？

●定価：726円（10%税込）　●ISBN:978-4-434-28654-4

●Illustration:Laruha

あやかし猫の花嫁様
湊祥
Sho Minato
CHECK!
アルファポリス
第3回
キャラ文芸大賞
奨励賞受賞作!
不本意ですが
イケメン猫と
新婚生活はじめます。
田舎の一軒家で一人暮らしをする大学生の茜。それなりに平穏な毎日を送っていたはずが、突然、全てのあやかし猫を統べる化け猫・常盤の妻になってしまう。しかも、一緒に暮らさないと命を狙われるというオプション付き!? どんなに甲斐性抜群のイケメンでも、そんな結婚絶対無理――と、早々に離婚を申し出た茜だけれど、何故かこの結婚、ちょっとやそっとじゃ解消できない呪いがかかっていて……。自由すぎる極甘夫と円満離婚を目指す、新妻奮闘記!
◉定価:726円(10%税込)
◉ISBN:978-4-434-28653-7
◉Illustration:ななミツ

小谷杏子
Kyoko Kotani

おいしいふたり暮らし

Oishii futari gurashi

今日もかたよりご飯をいただきます

第3回 ライト文芸大賞 大賞 受賞作品

クールで過保護な年下彼氏がアナタの胃袋監視します♥

「あたしがちゃんとごはんを食べるよう『監視』して」。同棲している恋人の垣内頼子に頼まれ、真殿修は昼休みに、スマホで繋いだ家用モニターを起動する。最初は束縛しているようで嫌だと抵抗していた修だが、夕食時の話題が広がったり、意外な価値観の違いに気付いたりと、相手をより好きになるきっかけにつながって——

◎定価：726円（10％税込）　◎ISBN:978-4-434-28655-1　◎Illustration：ななミツ

Hinode Kurimaki
栗槙ひので

古民家に住み憑いていたのは、
食いしん坊の
神様だった!?

第3回
キャラ文芸大賞
グルメ賞
受賞作!

亡き叔父の家に引っ越すことになった、新米中学教師の護堂夏也。古民家で寂しい一人暮らしの始まり……と思いきや、その家には食いしん坊の神様が住み憑いていた。というわけで、夏也はその神様となしくずし的に不思議な共同生活を始める。神様は人間の食べ物が非常に好きで、家にいるときはいつも夏也と一緒に食事をする。そんな、一人よりも二人で食べる料理は、楽しくて美味しくて――。新米先生とはらぺこ神様のほっこりグルメ物語！

◎定価：726円（10%税込）　◎ISBN 978-4-434-28002-3　◎illustration：甲斐千鶴

迦国あやかし後宮譚

かのくにあやかしこうきゅうたん

著　シアノ

皇帝が選んだのはあやかし憑きの少女!?

アルファポリス
第13回
恋愛小説大賞
編集部賞
受賞作

妾腹の生まれのため義母から疎まれ、厳しい生活を強いられている莉珠（りじゅ）。なんとかこの状況から抜け出したいと考えた彼女は、後宮の宮女になるべく家を出ることに。ところがなんと宮女を飛び越して、皇帝の妃に選ばれてしまった！　そのうえ後宮には妖（あやかし）たちが驚くほどたくさんいて……

●定価：726円（10%税込）　●ISBN:978-4-434-28559-2

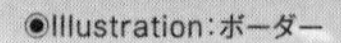
●Illustration：ボーダー

うちのあやかし、腐ってます。

古民家に住むBL漫画家のスローじゃないライフ

柊一葉

居候の白狐たちとのハートフル(!?)な日々

アルファポリス第3回
キャラ文芸大賞
特別賞
受賞!!

未央(みお)は、古民家に住んでいる新人BL(ボーイズラブ)漫画家。彼女は、あやかしである白狐(びゃっこ)と同居している。この白狐、驚いたことにBLが好きで、ノリノリで未央の仕事を手伝っていた。そんなある日、未央は新担当編集である小鳥遊(たかなし)遊と出会う。イケメンだが霊感体質であやかしに取り憑かれやすい彼のことを未央は意識するように……そこに白狐が、ちょっかいをいれてくるようになって——!?

◉定価:726円(10%税込)　◉ISBN:978-4-434-28558-5

◉Illustration:カズアキ

この作品に対する皆様のご意見・ご感想をお待ちしております。
おハガキ・お手紙は以下の宛先にお送りください。

【宛先】
〒150-6008 東京都渋谷区恵比寿 4-20-3 恵比寿ｶﾞｰﾃﾞﾝﾌﾟﾚｲｽﾀﾜｰ 8F
（株）アルファポリス　書籍感想係

ご感想はこちらから

メールフォームでのご意見・ご感想は右のＱＲコードから、
あるいは以下のワードで検索をかけてください。

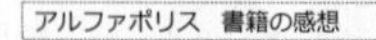

アルファポリス文庫

ぽんこつ陰陽師あやかし縁起～京都木屋町通りの神隠しと暗躍の鬼～

桔梗楓（ききょう かえで）

2021年 6月30日初版発行

編集－本丸菜々・倉持真理
編集長－太田鉄平
発行者－梶本雄介
発行所－株式会社アルファポリス
〒150-6008東京都渋谷区恵比寿4-20-3恵比寿ｶﾞｰﾃﾞﾝﾌﾟﾚｲｽﾀﾜｰ8F
TEL 03-6277-1601（営業） 03-6277-1602（編集）
URL https://www.alphapolis.co.jp/
発売元－株式会社星雲社（共同出版社・流通責任出版社）
〒112-0005東京都文京区水道1-3-30
TEL 03-3868-3275
装丁イラスト－くにみつ
装丁デザイン－AFTERGLOW
印刷－中央精版印刷株式会社

価格はカバーに表示されてあります。
落丁乱丁の場合はアルファポリスまでご連絡ください。
送料は小社負担でお取り替えします。
©Kaede Kikyo 2021. Printed in Japan
ISBN978-4-434-28986-6 C0193